# 比類なき大変ニ相《あい》成《なり》候《そうろう》

小川 敏雄

文芸社

# はじめに

今にも倒幕の挙兵が行われようとした慶応三（一八六七）年十月十四日、徳川第十五代将軍慶喜は大政を朝廷に奉還した。しかし、あくまでも武力による倒幕を目論む薩摩は、幕府を挑発する活動を続け、ついに翌慶応四（一八六八）年一月三日、京都の鳥羽・伏見において衝突するところとなった。いわゆる鳥羽・伏見の戦いである。この戦いで薩摩・長州を中心とする新政府軍が勝ち旧幕府軍が敗れると、その影響は全国各地に及び、世の中が一変することになる。

ここ美濃国（現・岐阜県南部）もその影響下にさらされた。幕府直轄領の郡代をはじめ大名や旗本など八十を越す領主たちが右往左往するところとなったのである。そんな中の一つに陸奥国磐城平藩《むつのくにいわきたいら》（現・福島県いわき市）の出先、切通《きりどおし》陣屋（現・岐阜市）があった。磐城平藩の藩主安藤氏は、前は美濃国加納藩（現・岐阜市）の藩主であり、宝暦六（一七五六）年に磐城平藩五万石に転封《てんぽう》（国替え）となった。転封後五十年近く経った享和三（一八〇三）年に、前任地である美濃国内にも一万八千石の所領を与えられ、厚見・羽栗《はぐり》・方県《かたがた》・本巣の四郡にその所領を持った。

遠隔地に所領を持つことになった藩は、厚見郡切通村に陣屋を置き、郡奉行《こおりぶぎょう》や代官、与力、同心など二十名ほどの役人を派遣して支配に当たらせた。また、四郡の村々を厚見・羽栗の東方《ひがしかた》と、方県・本巣の西方《にしかた》に分け、双方の庄屋たちを惣元取《もとどり》や組元取、郷目付などの役に任じて村政に当たらせていた。

そんな中、今回の出来事により、陣屋は大混乱に巻き込まれたのである。磐城平本城では、前々の藩主隠居の信正があくまでも新政府に対抗する姿勢を取っていた。信正は元幕府の老中であり、幕府の権威の修復を図るべく公武合体政策を強力に進めて江戸城坂下門外で反対派に襲われ、傷付いて失脚した人物である。

江戸にいた藩主の信勇《のぶたけ》（幼名・理三郎）は、信正の跡を継いだ嫡子信民の養子であり、わずか四歳で早世した信民の跡を継いでいた。この継嗣関係は全てが信正によってなされたものであり、藩の実権は信正が握っていた。
信勇もまた若く、弱冠十八歳であったが、疳症《かんしょう》（癇癪持ち）という持病があり病弱であった。前年から紀州侯の説諭を受けていて、どこまでも幕府の命に従うという請書《うけしょ》を差し出し佐幕（幕府支持）の立場を取っていた。

磐城平本城や江戸と違って、京都に近い美濃に位置する切通陣屋は、佐幕、勤王のいずれを取るかで悩んでいた。藩主と同じ佐幕を取れば直ちに新政府軍に討伐されるであろうし、かといって勤王を取れば藩主への忠義に反するからである。ひたすらに磐城平藩美濃領を守らねばならぬとの使命感は強く、人員の徴集や武器の調達を庄屋たちに依頼して、非常時に備えようとしていた。庄屋たちもまたこれに応えようとしたから、武士と農民という身分の違いを越えた協力関係が成り立つことになった。

そんな動きを西方の惣元取である方県郡小西郷村（現・岐阜市）の前の庄屋小嶋当三郎光純（五十五歳）が「公用日記」に留めていた。

本書は、慶応四年正月朔日から明治二（一八六九）年四月十八日まで、約一年四か月にわたる日記の記録を基に、筆者の想像も加えながら、所領安堵《あんど》（元のままに守ること）に奔走する陣屋役人や庄屋たちの動きを追ったものである。

# 比類なき大変ニ相成候《あいなりそうろう》

◆目次

阜県歴史資料館蔵 天保５（1834）年「細見美濃国絵図」より作成）

# 美濃国関係地域図

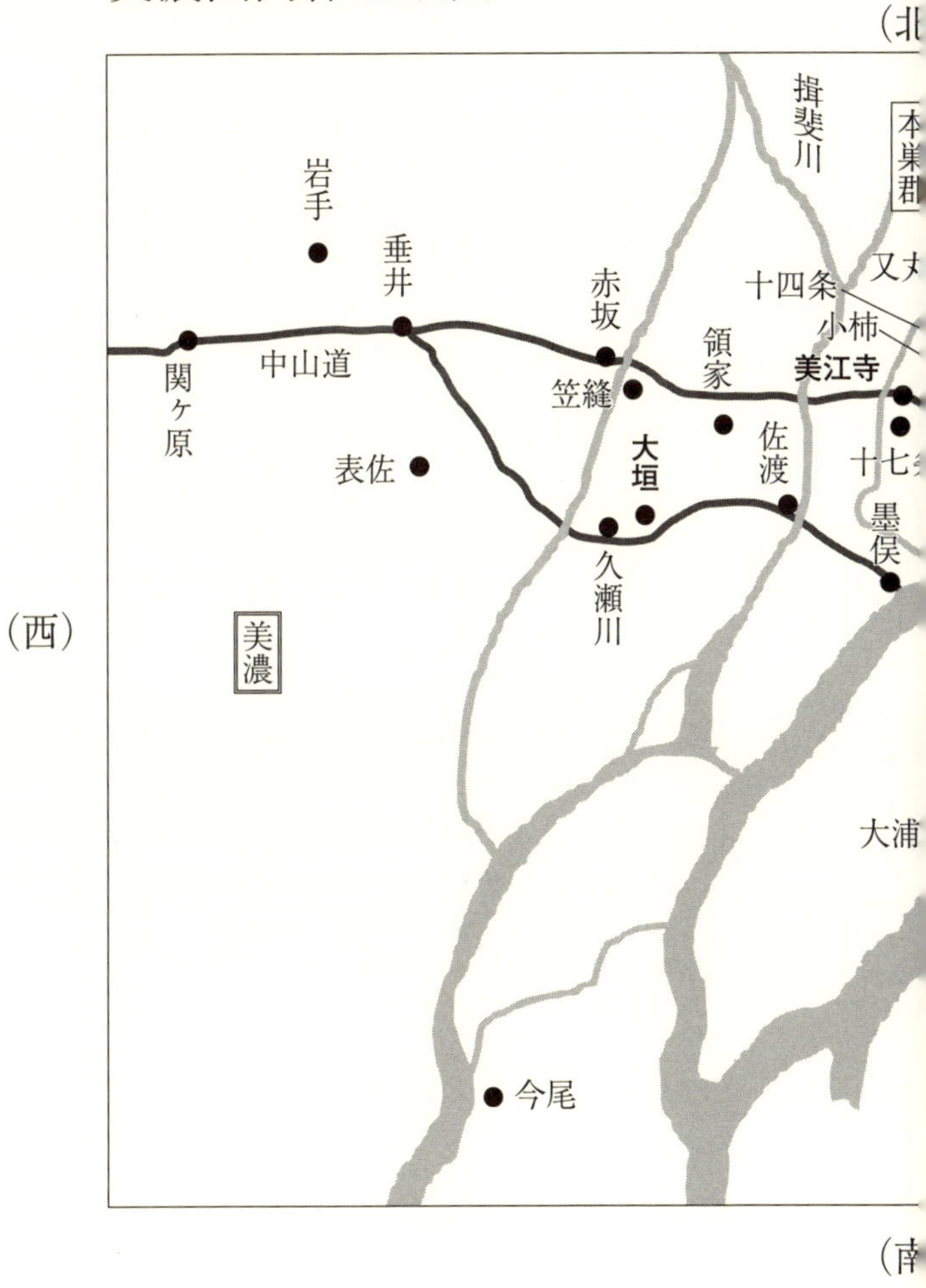

(北
(西)
(南
揖斐川
本巣郡
岩手
垂井
赤坂
十四条
又丸
小柿
関ヶ原
中山道
領家
美江寺
笠縫
大垣
佐渡
十七条
表佐
墨俣
久瀬川
美濃
大浦
今尾

# 比類なき大変ニ相成候《あいなりそうろう》

# 一　天下の大変

慶応四（一八六八）年正月朔日、小西郷村は晴れであった。当三郎は、例年によって朝一番に三里半近く離れた切通陣屋へ年頭の挨拶に出かけた。役人衆に一通りの挨拶を済ませ、自宅へ戻ったのは夕刻であった。

二日も、三日も良い天気が続き、穏やかな正月が過ぎていた。そんな七日の朝、突然に大変な出来事が伝わってきた。養子となって庄屋を継いでいる、当三郎の弟の呉《ご》郎《ろ》作《さく》光徳のもとへ、呉郎作の息子呉一郎光隆の嫁の在所から出産内祝いが届けられ、配達を請け負った大垣の問屋飯沼定九郎から、次のような書付が送られてきたのである。

尾州様の御町奉行、横井庄吉様が早駕籠で下られ、京の様子を承ったところ、次のようです。
一、三日夜から四日にかけて、竹田街道の銭取橋《ぜにとりばし》から鳥羽辺へ毛利淡路守様（周《す》防《おう》徳山藩主）が出張され、戦争があったようだ。相手方は誰だか分からない。
一、同じ時刻、伏見に薩摩藩が出張し、後固めに備前（岡山藩）や芸州（広島藩）、因州（鳥取藩）が出張して戦争があった。相手方は会津、松平伯耆守様《ほうきのかみ》（丹後宮津藩主）、松平周防守様《すおうのかみ》（板倉周防守・備中松山藩主の誤伝か）、そのほか諸浪人。豊後橋を切り落とし、橋の東西に双方が陣取っていたところ、勅使仁和寺宮様と四條大納言様を警護しながら、薩摩と芸州が日月の旗（錦《にしき》の御旗《みはた》）を拝領して東寺に差し控え、薩摩軍などに挨拶があった。
一、四日夜より会津藩をはじめ幕府方は引き下がって淀城に入った。薩摩藩と長州藩がそこへ攻め寄せ、淀橋を切り落とした。五日頃の大津辺での噂では、淀橋辺で大砲声が鳴り響き、淀城が落城したという事である。
一、大津辺は阿州（徳島藩）と備前が固めた。
右の通り承りましたので、このように知らせます。

正月六日　　問屋　飯沼定九郎

呉郎作から書付を見せられた当三郎は驚いた。

「一体何事が起こったんじゃ」

とつぶやくと、直ぐさま上方からの風聞を得ようと心当たりを訪ねた。そして、次第に、次のようなことが分かってきた。

正月三日、昨年の十二月十二日に京都から大坂城へ退かれていた前の将軍様に従っていた会津侯や桑名侯、そのほか松平伯耆守様、板倉周防守様、松平隠岐守様（伊予松山藩主）、そのほか諸家の軍兵が、竹田街道の鳥羽・伏見で大合戦を行った。対する京方は薩州と長州をはじめ京都の守衛に当たっていた諸大名である。

四日、幕府軍は伏見を引き払い淀城へ引き籠もった。

五日、淀城で戦争があり、四ツ時（午前十時）頃淀城が落城した。

六日、大坂方は敗軍となったようで、前の将軍様をはじめ会津侯や桑名侯などは仏国の軍艦（実際は、オランダ製の幕府軍艦開陽丸）に乗って退却された。どこへ落ち着かれたかは一向に分からない。

七日、去年来大坂の取り締まり（兵庫港の開港・外国人居留地の設置に伴う取り締まり）を命ぜられて、小原兵部を隊長に五百人ほどが大坂城に詰めていた大垣藩は、右の戦争が始まると会津や桑名に引き立てられて出張し、伏見での戦いに大手柄を立てた。薩州勢の一、二の陣を打ち破ったところ、相手方が日月の御旗を掲げたので、何か朝敵（天皇に反逆する賊）になったようで躊躇した。その隙を突いて、味方と思っていた藤堂勢（津藩）が横から弓矢を射掛けてきて、ついに大敗軍となり、淀へ引き返した。守口や平方（枚方）で追手の勢と戦いながらようやく大坂へ引き返したところ、もはや前の将軍様たちは立ち退いた後であった。やむなく奈良へ落ちて行ったが、薩長の兵が退路を固めていたため、やむなく伊賀路へ出、山越えにて大難渋をした。

京都の西本願寺からも急報がもたらされた。急遽派遣された使僧がやって来て、「御門跡様《ごもんぜき》（門主様）と新御門様《しんごもん》（次期門主様）は御真影《ごしんえい》（親鸞聖人の像）を供奉《ぐぶ》されて山階（山科）へ退去されました。新御門様は御所の守衛を仰せ付かり詰め切りになっておられます。人数や粮米、御用途金（軍資金）が不足しておりますので、法《ほっ》中《ちゅう》（僧の仲間）や門徒（信者）は申し合わせて駆け付けて欲しい、食料や御用途金の都合を付けて欲しい旨申されております」

と告げたのである。

十一日、当三郎は直ぐさま黒野御坊（方県郡黒野村　現・岐阜市所在の寺）配下の者たちを集めて集会を開き、使僧からの伝達を伝えて協力を求めた。

「本願寺様からの御頼みじゃ、是非とも御助けせにゃならん。わしが思うに、みんなで米を出し合《お》うて、御届けしたらどうかと思うんじゃが、どうじゃ。銭を出し合《お》うて大津（現・滋賀県大津市）辺で買うという手もある。これじゃと手間が省けるし安くもつこう。じゃが、これじゃと本当に本願寺様を御取り持ちする事にはならんじゃろうし、第一天子様に対し奉り真心を尽くす事にもならんじゃろ。自分た（自分たち）でお届けしてこそ初めて真心をお伝えする事になると思うのじゃが、どうじゃ。自分たで持ってって、街道筋の村々の門徒衆に助太刀を頼みゃ助けてくれるじゃろ。天子様や本願寺様のためじゃと言やあ、嫌とは言わんじゃろ」

当三郎の熱の籠もった呼びかけに否を唱える者はなく、米を出し合って届けることになった。白木綿を一尺ぐらいに切り、それに美濃黒野御坊配下何村と書いて届けることにした。

当三郎は率先して米六俵を出した。また、一同の代表である勘定惣代となって自ら米を京都まで送り届けることにもした。

十一日の昼過ぎに小西郷村を出発し、大垣で一泊することにしたが、そんな時、切通の役人川嶋栄次郎から封入りの手紙が届いた。

早速に申し上げます。国家のため御内談したい事がありますので、この書状が着き次第切通まで来て戴きたく、了承を戴きたい。已上。

川嶋栄次郎

正月十一日

小嶋当三郎様

というものであった。

（川嶋様が何の内談じゃろ。これでは京都へは出かけとれんかなあ）

と思いながらも、当三郎は大垣に向かった。当三郎には、大垣へ出かけたい思いがあったのである。大垣藩は、先日の鳥羽・伏見の戦いに幕府勢として参戦し朝敵となった。しかし、新政府の参与（新政府に設置された官職）に登用されることになった重臣の小原仁兵衛（鉄心）が、藩内を説得し、朝廷への執り成しに奔走して、藩主が天皇に謝罪すること、また、大垣藩兵が御所の警固に当たること等を約束して許されることになった。その藩主が京都へ謝罪に出立するのが十二日であり、また、鳥羽・伏見の戦いで敗れた大垣兵が大垣に帰って来るのもこの日であった。そんな情報を手に入れていた当三郎は、藩主の出立を見届け、できれば退去兵たちにも接触して、上方の情報を得たいと考えていたのである。

しかし、十二日の暁方、再び川嶋からの書状を飛脚から受け取り、長々と認《したた》められた書状を手にした時、当三郎の心は決まった。京都行きや大垣での見物を諦めて切通に向かうことにしたのである。

夕刻、切通に到着すると、待ちかねたように川嶋が話しかけてきた。

「我が殿様は、昨年に、紀州侯より御諭しを受けて、どこまでも幕府の命令に従うとの御請書を差し出された。君臣の義を忘れず、幕府の回復に尽くすというものである。しかし、今日の形勢は、幕府は廃絶となり、徳川家は朝敵となっている。今にも御勅使が切通に来られた時、私共は徳川家の命令に従いますと答えたら、直ちに誅伐を受けるであろう。だからといって、殿様と違って勤王という事になれば君臣の義が成り立たない。どのようにすべきかと御陣屋内の議論は分かれている。拙者は重役衆に『わずかな美濃の所領であっても朝廷の御領土である事に違いはないのだから、たとえ殿様が徳川方であろうとも、御陣屋詰めの我々は勅命に従い、せめて当国の御領地だけでもお守りして、御家の御興立《こうりゅう》を図ると一決したらいかがでしょう』と申し上げた。しかし、重役衆ははっきりとした御考えを示されず苦々しい限りである。この御陣屋には決断しようという覇気がござらぬ」

と、苦り切った様子である。

思いのたけを訴える川嶋の勢いに、専ら聞き役に回っていた当三郎であるが、一心に主家を思い美濃領を思う心はよく伝わり、

（下役の川嶋様がこれほどに心配されるか）

と心打たれるものがあった。

殊に、「君臣の義が成り立たなくても勤王」とする武士からぬ言葉には驚いたが、こんな大変な思いを打ち明け相談してくる川嶋に、当三郎は大いに親しみを感じ、信

頼の情を深くするところとなった。そこで、
「私も川嶋様の御考えに全く賛同致します。是非とも御陣屋の皆様の御考えをおまとめ下さい。そうすれば、私共はどこまでもそれに従い粉骨努力致します」
と答えた。

実は、昨日の十一日、当三郎は今回の事件を受けて、遠藤重平や渡辺源内、福島清兵衛、遠藤平左衛門、遠藤彦八、馬場忠次、村瀬甚吾、兵吾、孝之助ら東西の主立った庄屋たち十人で、次のような願書を陣屋に出していたのである。

今般、上方筋の騒動に付き、御領主様も非常の御用意のため、追々農兵等を繰り出そうとされておられるようで、武道の心掛けがある者は申し出るように仰せ出されています。これは、佐幕か勤王かに加わらねばならぬと思われての事と思います。私共は素より武道の心掛けはございませんが、御人数の内へ御加え戴き、相応の御用を仰せ付け下されば、粉骨努力致します。以上。

辰正月十一日

よって、この日には、当三郎のほか九人も奉行会所へ召し出されていて、次のような達しを受けた。

「今日、天下はいよいよ大変である。この切通は御城下の村ではないが、御高（美濃領の石高）の割には過分な御備えの御陣屋である。さりながら、元来、平和で農業に励む事のみに意を注いできたので、非常鎮撫（非常時に対応する）の御備えがない。この時に当たって、わずか二十軒の御陣屋役人のみにては、いかように努力しようとも誠にもってなし方がない。ついては、農兵有志の者を集めようとしたが、いまだに一人も申し出る者がなくどうしようかと焦っていたところ、その方共が御布告に応じて申し出てくれ誠に有り難い。早速、御上《おかみ》に申し上げ、いずれは御褒めなどもあると思うが、まずは大変に嬉しい事であるので、あり合わせの御軸物などを与える。有り難く受け取って今後とも忠誠を尽くして欲しい」

との言葉があって、当三郎ら格上の六人には軸物が与えられ、忠次には歩士《かち》格、兵吾と甚吾には元取格と袴御免、孝之助には苗字帯刀が許された。

夜になって、当三郎と東方惣元取の遠藤重平、西方組元取の福島清兵衛の三人は代官衆の集会に召し出された。

「その方共に人歩《にんぷ》の繰り出しを頼みたい。村々を廻って申し諭してはもらえまいか」

「器械（銃）が全く不足である。調達に尽力願いたい」

との依頼を受け、そのほか、陣屋のために良いと思うことは何でも良いから申し出て欲しいとの依頼も受けた。

## 二　陣屋の決断

その晩、京都から驚くべき情報が伝わった。

「前の将軍徳川慶喜は朝敵であり、仁和寺宮を征討将軍としてこれを討つ。賊徒に謀を通じる者は厳刑に処す」

なる高札が、三条大橋に掲げられたというのである。当三郎らは天地がひっくり返ったかと驚き、陣屋の役人たちは、

（いよいよ決断の時が来たな）

と気を引き締めた。

同夜、役人たちは夜を徹して話し合った。

「このような御高札が出されては、幕府はいよいよ廃絶であろう。もはや御回復の願いは絶え果てたか。嘆息の至りである」

「江戸では、御譜代（数代にわたり徳川家に仕える）の御大名様方もいかにすべきか途方に暮れておられる事であろうが、我が殿は昨年来御請書を差し出しておられるから、今更幕府を見捨てる訳にはいかぬであろうな」

「この御陣屋は御城下に比べ過分の御陣屋であるから、今にも禁裏（朝廷）からお尋ねがあるに違いない。その時、どう御答えしたら良いか。主人の思いと同じですと答えたらたちまち討ち滅ぼされるであろう」

「さすれば、御家は断絶、永世朝敵の汚名を着る事になる。一体どうしたものでござろうか」

　重苦しい雰囲気が漂う中、下役の川嶋がみんなに向かって言った。

「何はともあれ御家が第一でございます。御領分の百姓たちも安堵させねばなりませぬから、御家御安泰の御勘考をせねばなりませぬ。たとえ江戸屋敷はどう決せられようと、御陣屋詰めの我々は勤王と決し、勅命を守って王民となるべきではございませぬか」

　思い切った言葉である。思っても容易に口に出せる言葉ではない。

（そんな事をしたらどうなる。逆臣として処罰されるに違いないぞ）

誰もがそんな思いを心に浮かべた。しかし、否を唱える者は誰もいない。これ以外に方法がないことを分かっているからである。

やがて、最上格の郡奉行九里鉾太郎が言った。

「やむを得ぬ。御家と領民を守るためじゃ。江戸表にはよくよく伝えよう」

自分に言い聞かせるような言葉であった。結論は出た。勤王である。殿様とは別意の道である。

しかし、役人たちの心は晴れなかった。

(この先、一体どうなるのだろう)

と一層不安が増した。


翌朝、この決定は当三郎ら庄屋たちに伝えられた。当三郎は、

(川嶋様はよく重役衆を説得なされたな)

と思いながら、重平と清兵衛に話しかけ、三人の連名で口上書を差し出すことにした。

「今日の形勢は大変に御大事であります。前に、御出兵をなされるなら、私共を御人数の内へ加えて戴きますよう御願いしましたところ、御聞き済み下され、思いも寄らず拝領品まで下さいまして誠に有り難うございます。つきましては、御領分中の小前（平百姓）末々まで報国尽忠に付いて説得します事は勿論、器械（銃）の調達にも努力致します。なお、より良い事があったら遠慮なく申し出よとの事でありましたので、差し当たって一、二申し上げます」

として、次のような進言をした。

一、人数の少ない陣屋であるから、人歩《にんぷ》の繰り出しが第一である。銃隊に加入する者には、その役務中帯刀を許して欲しい。

一、器械（銃）については、最近舶来品が何種類もあるが、実用に耐え難き物を買い上げても不覚を取る事になる。よくよく吟味して買い上げて戴きたい。

一、軍事については、この頃は専ら砲戦であるから、その技術を身に付ける必要がある。深く御配慮を願いたい。

一、人心が和していれば、少人数の陣屋でも他藩に劣る事なく富国強兵となる。和合の処置が急務である。

一、出兵に際しては潤沢の賄いは御無用に願いたい。
一、御政事の向きは、富国勧農は当然であるが、言路洞開《げんろどうかい》（上が下の意見を聞く）にして下情もよく理解し、形勢に従って改めていく事が急務である。

十四日、当三郎と清兵衛は、方県郡と本巣郡十七か村の庄屋と年寄を本巣郡北方のいせ屋嘉助方へ集め集会を開いた。陣屋が非常な決意でもって出した結論を、是が非でも領内の者たちに分からせねばならぬと思ったからである。

「この度、天子様の軍と前の将軍様の軍が京で戦《いくさ》になり、天子様の軍が御勝ちになった。前の将軍様は朝敵とされ、天子様によって追討される事になった。我らが殿様はどこまでも将軍様に御仕えする御覚悟のようじゃが、天子様の御使いが切通に来られた時、そのように御答えしたら御陣屋はたちまち誅伐されるであろうと御役人様方は御心配なされた。そして、さんざんに御協議された上、たとえ殿様はそのようであっても御陣屋は天子様に御従い申す事に御決断された。それでなければ美濃領は守っていけんからじゃ。そんで、昨日《きんのう》、我らにも御沙汰があった。我らもその旨をよくよく弁《わきま》えて、今後は報国尽忠に努めていきてえと思う。皆の衆も是非とも御同意願えんじゃろか」

当三郎の言葉には熱が籠もっていた。そして、聞く者を圧倒する勢いがあった。よって、否を唱える者は誰一人いなかった。そこで、全員に記名を求め、次のような文面の届書にして陣屋に差し出した。

「十七か村の庄屋と年寄を集め、御陣屋の御決心を伝えて教諭に努めました。報国尽忠を示すのはこの時であると話しましたところ、左記の名前の者たちが日頃の御恩に感謝し、相応の御用を仰せ付け下さるよう申し出ました」

こうした集会は、この日、東方でも行われた。惣元取の重平が召集したものである。

翌十五日には、領内の全ての村で小前たちを集め、庄屋や年寄から申し諭した。全ての者に徹底させるためである。その内容は、切通陣屋が勤王に決心したこと、報国尽忠に尽くすこと、家業に精を出すこと、大事があった時には駆け付けることを家内の者に申し聞かせて置くこと、次男三男そのほか手間明けの者は銃隊に加入することなどであった。


このところ、小嶋家では呉郎作と呉一郎が切通に召し出された切りである。二人は器械（銃）の取り集め方を命ぜられて奔走していた。殊に呉郎作は舎密《せいみ》学（写真）の研究にも取り組んでいて、その功績が大であるとして歩士《かち》格上席《かくじょうせき》に任命された。また、呉一郎も元取捨に任命されて、とにかく、一家の男たちは全てが陣屋の用務に駆り出されていたのである。

　十七日には、代官より言路洞開の御触れが出された。先日、当三郎らが口上書で進言したのを受けたもので、早速に陣屋の政事に取り上げてくれたことを当三郎らは大いに喜んだ。

　また、十四日の庄屋と年寄たちの集会以降、会に欠席し届書の連名に洩れた者たちが、次々と当三郎のもとへ報国尽忠を申し出てきた。これを陣屋に報告すると、十八日には、そうした者たちが陣屋に召し出され、苗字のない者には苗字が許され、それぞれの格を一段ずつ上げられた。身分に応じて相応の御用向きも命じられ、壮年の者たちはほとんどが銃隊に属して調練が行われることになった。

# 三　綾小路らは真の官軍先鋒か

十八日、当三郎のもとに心配な風聞が伝わってきた。京都から綾小路とかいう公家衆が旗本陣屋などを鎮めるために下向して来ているというもので、既に幕府陸軍奉行である岩手（現・不破郡垂井町）の竹中丹後守の陣屋を随分と乱暴に取り調べたということである。綾小路らは脱藩藩士や浪人などを集めて赤報隊《せきほうたい》なる一隊を組織し、官軍に先駆けて東下したもので、隊員の中には博打《ばくちう》打ちなども加わっていたため、本当に朝廷の使いであるかどうか疑いを持たれていた。

この公家衆の動向には、諸旗本が心を痛めているということであり、当三郎はその真偽のほどを切通陣屋に尋ねた。すると、陣屋から次のように村々の庄屋へ申し諭すようにとの命を受けた。

「とにかく真偽に拘わらず何事も彼らの言い分に従って事を荒立てぬ事。盗賊や火事などに気を付けていてみだりに他へ出かけない事。歩役に出る心掛けで農業に精を出す事。夜も安閑と寝ているのでなく夜なべに努め、何時御用に時間を取られても支障がないようにする事」

など、要はどちらであっても問題にならないように対応せよということであり、陣屋もその実態を掴みかねていたのである。

二十日の朝、川部（現・岐阜市）の福島清兵衛から連絡があり、

「河渡宿《ごうど》（現・岐阜市）から助郷人足十五人を出して欲しいと言ってきた。綾小路殿や滋野井殿の通行のためじゃという事のようじゃ」

ということであったので、

「一応は官軍の先鋒という事じゃから放《ほ》かっとく訳にはいかんじゃろ。切通へ相談してみよう」

ということになり、二人で切通へ出かけた。

切通に向かう途中、加納六丁目で庄屋仲間の孝之助と甚吾に出会った。二人は、

「十四条村（現・本巣市）の忠太郎が綾小路様一行の大島鏈之助とか言う者に付き従

っとるという事じゃ。鍵之助に会って虚実を確かめようと思うがどうじゃろ」

　と言ったので、

「是非ともそうしてくれ」

　と頼んで切通へ向かった。

　陣屋に助郷の話をすると、状況を見て対応するようにということであったので、そのようにすることにした。話が一段落してから、切通役人の川嶋と加納へ実情視察に出かけた。途中で再び孝之助と甚吾に出会った。

「我らは大島鍵之助に面会し、荒井俊蔵なる人物とも応談した。彼らの申すには、切通に勤王の実効（実際の動き）が見えなんだら所領を安堵される事は難しいじゃろ。さしずめ人数（兵）を差し出さにゃ納得されんじゃろという事じゃった」

　と言った。

（それは大変じゃ）

　と思った当三郎は、甚吾を連れて直ぐさま切通へ引き返し、甚吾から話の様子を伝えさせた。

　なお、荒井俊蔵は元磐城平藩士で、新撰組にも所属していたが、赤報隊の結成と共にこれに加わっていた。

その夜、当三郎は代官衆の集会に召し出され、この話をした。代官衆は、

「米や金で勤王の実効を示せという事なら出精できようが、人数を差し出せというのであると難しい」

と口々に言った。その消極的な意見に腹立たしさを感じた当三郎は、

「金銀でも人数でも差し出す事は同じでございます。今更、幕府への聞こえを恐れていてはたちまち御陣屋は潰されてしまいましょう。皆様御決心をなされ、たとえ殿様と行き違いになっても、一万八千石を以て御名跡を御願いなさる御所存に決し下されたく願います。綾小路様らは人数を差し出さなければ兵端を開く（戦いを起こす）勢いにございますから、郷兵の中から幾らかでも遣わしたらいかがでしょう」

と言った。すると、

「郷兵の内誰彼と申しても参る者がいないのではと甚だ以て不安である。貴様が申すようにできれば人数を差し出す事に問題はない。郷兵の内に罷り出ても良いという者

がおるかどうかまずは調べてくれ」

と言われた。

当三郎は直ぐさま農兵たちが休んでいる所へ行き、

「今、綾小路様と滋野井様という公家衆が率いる官軍の先鋒という一隊が美濃に来ておる。切通陣屋にも人数を差し出して勤王の実効を示せと言われとる。もしそれができなんだら陣屋を攻めて取り潰さんばっかの勢いじゃ。そんな事になったら大変じゃ。何とか人数を出して勤王の実効を示し、陣屋を守りたいんじゃが、わしが行こうという勇気のある者はおらんか。陣屋の御役人衆も、是非とも頼みたいと言っとられる」

と熱を籠めて話した。

この話に七人の者が申し出たが、これでは足りず、さらに説得を進めた。それでも、二度、三度と話すうちに申し出る者が増え、二十人になった。そこで、早速に陣屋の代官衆に伝えると、代官衆は大いに喜んだ。

そんな折、二十一日の朝に、突然、京都の公家姉小路家の用人迹見《あとみ》典膳《てんぜん》と山本兵部が西改田村（現・岐阜市）の兵十郎の案内でやって来た。姉小路家には美濃出身の嘉七という者が勤めており、山本も下西郷村（現・岐阜市）の惣右衛門という百姓の倅で、以前から姉小路家に勤めている。姉小路家は、御本家の三條正親町《さんじょうおおぎまち》家が新政府の内国係の要職にあり、また、そのほかの参与とも関わりが深いことから、地方の様子を探るためにやって来たようである。

当三郎はその案内役を命ぜられたので、美濃領の安堵を御願いする絶好の機会であると思い、早速に奉行の佐藤久松宅に案内して面談することにした。佐藤は、

「私共も朝廷の御恩のほどは農民共に至るまで深く感じているところであります。王政復古の儀に付きましては一同願っていたところで、今日その御時世に至りこの上ない喜びであります。勤王に奮闘努力したいと思いますが、何しろ小さな陣屋でありますから、この節に農兵を取り立てて熟練し、やがては官軍に属させんと思います。領民共も赤心（真心）を顕したいと言って、金十両、米五百俵を献納申し上げたいと申しておりますから、どうぞその旨お伝え下さり、朝廷への御執り成し方宜しく御願い申し上げます」

と話した。

典膳は参与の万里小路《までのこうじ》右大弁に伝えるとして御願いの言葉を書き留めていたが、陣

屋からも御願いを書面で届けることにして、典膳に話したことを書面にした。当三郎にも文面を考えるようにとの指示があったので筆を加えた。

一方、綾小路の件については、勤王の実効を示すとして粮米五百俵を進献することになった。綾小路に従う荒井俊蔵は、切通の郡奉行九里鉡太郎と磐城平藩で知り合いであったため、両者が面会して五百俵の進献を決めたのである。

その綾小路一行は、二十一日に加納城下に入り、加納宿の本陣を占拠して、加納藩に開城を迫ると共に兵器の提供を求めた。当時、幕府若年寄の職にあった藩主永井尚服《ながいなおこと》は江戸に出向いていて留守中であったため、留守居役たちは困り果て、ついには対応掛かりの天野助九郎（天野半九郎とも）が責任を感じて切腹した。しかし、これによって開城は免れ、綾小路一行は二千両と小銃七十五挺、大砲二挺、大砲方二人、ほかに二十四人、多数の弾薬などを受け取って、二十四日に鵜沼（現・各務原市）へ向かった。

この報は二十五日の朝、陣屋から当三郎らに伝えられ、切通陣屋には立ち寄らずに通り過ぎて行ったことに一同は安心した。

綾小路一行は官軍の先鋒と名乗っているものの、本当の勅使ではなく、二人の公卿はこの機に京都を脱走し、自ら勤王に尽力することによって名を高めようとしているだけのことであることが分かった。

そこで、切通では、綾小路らから差し出された締書や高札を受け取って良いものかどうかが問題になった。怪しき方面からは受け取れと言ってきたが、それを受け取ったら後日に誹《そし》りを受けることにはならないかと心配になり、大藩である大垣藩がどのように対処したかを確かめるため、当三郎は庄屋仲間の甚吾を誘って大垣に出かけた。

夜五ツ時（午後八時）に親戚の飯沼龍夫方（当三郎の妹の嫁ぎ先）に着き泊まろうとしたところ、そこに大垣藩の諸士が集会していた。中に知り合いの久世治作がいたため、問題の件に付いて話すと、

「両卿は京都を脱走されて来たもんで、御一新を幸いに官軍の手助けを願い出て出かけて来られたようじゃ。大垣藩からも朝廷に伺ったところ、もし法外な事を言ってきたら打ち払っても良いという御沙汰があったそうじゃ。じゃから、大垣には一向法外

な事は申しかけて来とらん。また、滋野井殿は今尾藩（現・海津市）へ出かけられて、人数や金子《きんす》を無心されたようじゃが断られたという事じゃ。じゃから、高札などの件は決して掲げたりせんほうがええじゃろ」

ということであった。

なお、久世治作は、明治になってから造幣局判事となり、円形で十進法に基づく新貨幣の鋳造に努めた人物である。

# 四　鎮撫使岩倉へ言上

当三郎は、今、切通陣屋が当面している問題を大垣の藩士らに包み隠さず話して相談をした。

「我らが陣屋は、本当に人数の少ない陣屋です。しかし、勤王の実効を示して、これまでの汚名をそそぎたいと思っています。大垣様の御処置に従いたいと思うのですが、一体どうしたらええでしょう」

と話すと、藩士らは、

「我が藩の小原仁兵衛様が朝廷の参与として会計事務の職を仰せ付かっている。近々上京されるようじゃから手代の菱田文蔵に話すと良い。小原様への話は全部菱田を通じてやられているようじゃから、菱田を通じて小原様に話してもらい、小原様に引き立ててもらうと良い」

と言った。当三郎は続けて、

「我が藩は、御領主の御隠居様（信正）が御老中であられた時の坂下一件（坂下門外の変）で、広く一般に不評判になっています。今この時に誠実を尽くさなんだら御家は断絶になるやも知れません。何とか汚名をそそいで御家が永久に続く事を計っていきたいと色々心配しています。じゃから、是非とも菱田様に御頼いしたいと思います」

と話した。

翌日も、菓子を持っていって熟談した。その中で、

「昨日も岩村藩（現・恵那市）の御家老様が大垣に御見えになり、『何分天下御一新の折じゃから一日も早よう鎮撫使《ちんぶし》岩倉様（東山道筋東征軍の隊長、岩倉具視の次男具定）へ勤王である旨をお話しした方が良かろう。安藤家は坂下以来何かに付け一際目立っているから、勤王の実効がなくては安堵は難しいであろう』と言っておられた」

という話を聞いた。

この話を聞いていよいよ不安になった当三郎は、

「岩倉様へ言上するには誰に御願いしたらええでしょう」

と、せっつくように聞いた。

「北島仙太郎殿か宇田栗園《りつえん》殿に頼むと良い。書面に書いて持っていって、御願いしたい事を申し上げ、引き取ってくるのが良いだろう」

ということであったので、早速に切通へ連絡し、対応を図らねばならぬと思った。そこで、当三郎は、同日の午後、甚吾と共に急いで切通に向かった。しかし、途中で持病の腹痛が出て我慢し切れなくなり、加納で休んで回復を待つことにした。甚吾のみは切通に向かわせ、明日にでも鎮撫使の宿陣に出向くようにせねばならぬことを伝えさせた。

ところが、その夜、甚吾が駕籠を伴って加納にやって来た。

「どうしたのじゃ。御評議の結果はどうなったのじゃ」

と急《せ》き込んで尋ねると、

「綾小路殿の高札の件は差し置き、岩倉殿へ伺う事はいかにも盗人猛々しい事じゃから、大垣へお着きになってからで良いのではという事になった。それよりも、当三郎から直に話が聞きたいので、迎えに行って欲しいという事じゃったので駕籠を持って迎えに来た」

と言った。

腹痛はすっかりと治まった訳ではないが、直ぐに対策を講じねばならぬと心の急く当三郎は、直ぐさま切通へ向かい、役人たちと深夜まで議論を尽くした。

「綾小路と滋野井の両卿には必ずお咎めがあるでしょう。岩倉殿は鎮撫使ですから誠に精白な御処置を下されると思います。御布告があってから御伺い申したのでは本当に勤王を示す事にはなりませぬ。この時を過ぎてからでは取り返しが付かなくなりますから、是非とも岩倉殿のもとへお出かけ戴きとう存じます」

と熱心に説く当三郎に、郡奉行の九里は、

「よく分かった。いずれにしても今宵は遅いから、明朝、今一度検討してみよう」

と言って、その夜は終えた。


翌二十七日、早速に評議がなされ、鎮撫使岩倉のもとへは九里が出かけることになった。そして、九里は、取りあえず御機嫌伺いをし、手札《てふだ》（名刺）を出して面識を得たり、綾小路の一件について話したりすることのみに留め、美濃領の安堵については書面に認めて、鎮撫使が大垣に着陣してから御願いすることにした。

また、小原仁兵衛については、同人は会計事務で、願い事を取り扱う掛かりではないようだから、うまくいかないことも考えられ、そんな場合には、同人の指図を受けてうまくいく方法を考えることにした。そして、小原の手代菱田文蔵の所へは当三郎が出かけて御願いすることにした。

この日、早速に九里と当三郎が同道で切通を出発し、九里には若党代わりとして甚吾が付き添った。美江寺宿（現・瑞穂市）で駕籠を雇い、九里と甚吾は垂井へ、当三郎は大垣へと向かった。また、明日には川嶋栄次郎と遠藤重平が大垣に出かけることにもした。

その夜、垂井宿に宿泊する予定であった岩倉が、まだ愛知川《えちがわ》宿（現・滋賀県愛知郡愛荘町）に逗留していて、明晩に醒ケ井《さめがい》宿（現・滋賀県米原市）に泊まる予定であることが分かったため、明日、大垣に来る予定の川嶋と重平に予定が延引した旨の手紙を送った。

二十八日の午後に川嶋から返事が来て、綾小路の一件については書面などにして岩倉へ差し上げることのないようにと言ってきたため、早速、九里のもとへ飛脚を立てて連絡をした。

夜九ツ時（十二時）ころ、九里と甚吾が大垣の飯沼龍夫方へ戻って来た。宿泊のために周辺の宿を聞き合わせたが、どこも詰まっていて断られたため龍夫方で一泊することになった。

鎮撫使の件について様子を聞いたところ、醒ヶ井にて鎮撫使に御伺いをして引き取ってきたということで、鎮撫使には委細を大垣で申し上げること、また、明晩には御本陣へ書付をもって伺うことを宇田栗園に話してきたということであった。

そこで、また、当三郎は切通へ手紙を送り、川嶋が大垣へ来次第打ち合わせて垂井へ出かけるつもりであることを伝えた。川嶋からも九里に手紙が来て、明日には大垣へ出かけてくると言ってきたが、なぜか、また、手紙が来て、手札（名刺）だけ差し出しておいて欲しいと言ってきた。それで、その飛脚に折り返し、

「明早朝に大垣に来るように」

との手紙を持たせて川嶋に届けさせた。

ところが、二十九日の午前中、川嶋は一向に現れない。

「一体どうしたのじゃろう」

と九里と噂をし合い、

(『今晩御泊まりへ書付を差し上げに参上します』と宇田様へ申し上げてきたという事じゃから、御伺いせん訳にはいかんじゃろ)

と心が焦った。しかし、いかんともし難いので、今晩は諦めることにし、大垣に着かれた折に書付を渡すことに変更した。

初夜時分になって、雨の中川嶋が一人駕籠でやって来て、九里に申し開きをした。

「昨夜、江戸から味岡重右衛門様(磐城平藩江戸屋敷の家老矢代の用人)がお着きになり、今朝早くから午後まで、これまでの手続きを悉くお話して議論しておりました。心が急いてそれどころではなかったのですが、どうしても味岡様が納得されず遅くなってしまいました。誠に申し訳ございませぬ」

といかにも申し訳なさそうな様子であったので、機嫌を損ねていた九里もやむを得ぬことと納得し、

「明日は是非御本陣へ書付を差し上げねばならぬ」

と、下書きを進めるよう促した。

二月一日、川嶋と当三郎は、願書の下書きを持って菱田文蔵を訪ねた。菱田は多忙

で留守であったため、同人の用人の家へ行って尋ねたところ、全昌寺か福田屋（いずれも現・大垣市）かへ行っているであろうということであったので、両所を訪ねたが出会うことはできなかった。やむなく、久瀬川（現・大垣市）の菱田宅を訪ねたところ、ようやくに出会うことができたので、早速に願書を見せて意見を聞いた。すると、「このように長々と書いたのでは分かりにくい。殊に色々と詫び事を書いたのでは陳謝の書付になってしまい、藪を突いて蛇を追い出す事になる。とにかくもっと短文にして勤王を貫徹する事のみにすべきである」
と言われた。よって、早速に書き直した。

今般、東山道筋御鎮撫のため御下向遊ばされますようで、切通陣屋配下の農民一同有り難く思っております。殊に勤王の道を厚く心得るよう粉骨砕身努力致すよう決心しております。しかしながら、主人の理三郎は江戸にあり、国許《くにもと》は奥州磐城平であって多分に里程が隔たっておりますから、追々役筋の者を遣わして、藩をあげて朝廷の御用を勤めようと思っております。つきましては、恐れ入る事ではありますが、米五百俵と金千両を御国の御恩に報いるため献上致したく、陣屋と領民をあげて御願い致しますので、この度の御軍費の一端にも御使い下されば有り難く存じます。以上。

濃州厚見郡切通陣屋詰
安藤理三郎家来
九里鉡太郎
川嶋栄次郎

慶応四辰二月

また、綾小路一件に付いても、一昨夜、宇田栗園から話があったから申し上げねばならないだろうとして菱田へ相談したところ、それならば別紙に精しく申し上げた方が良いだろうということで、次のようにした。

口上書

先般、御官軍の御先鋒として綾小路殿と滋野井殿が御発進遊ばされましたので、御宿陣へ伺い、勤王の実効として米五百俵を兵粮米の内へ御進献し、御預かりの御印証も戴きました。しかし、右両殿は中山道御鎮撫御先鋒ではあられないとの事を承りました。御献上しました御米はどのように致しましたら宜しいか御伺い申し上げます。以上。

辰二月

安藤理三郎家来

九里鉾太郎

右二通を持って鎮撫使本陣へ出向き宇田栗園へ面会したところ、

「書面や口上はいずれも勤王の道を尽くしているが、内心はいかがか。心と口が違っていては致し方がないが」

と色々入念に尋ねられた。殊に、

「主人は江戸表にいるから実効を示し難いというが、もし主人の膝元にいたならば、どう致されるつもりか」

と尋ねられたので、川嶋が、

「主人の膝元に勤めておりましたら、直ぐさま在所の磐城平へお供を致し立ち退きます。さりながら、小藩の私共が孤立致します事は覚束なく思いますから、いずれにしても勤王の大藩に属して微衷《びちゅう》貫徹《かんてつ》仕るようにする所存でございまする」

と、天皇のために真心を尽くして働く旨を申し上げた。すると栗園は、

「そうすれば勤王の実効も顕す事ができよう。いずれにしてもよく取り調べて沙汰を致すから差し控えておられよ」

と言って引き下がられた。

岩倉の雑掌（雑務を取り扱う者）田中は姉小路家の迹見と入懇であると聞いていたので、この日、川嶋は田中にも面会して色々と嘆願した。田中は快く聞いてくれ好い雰囲気であったので、まずまずは安心と胸をなで下ろした。


二日は沙汰待ちの日であった。今後のために小原仁兵衛に会って内々の懇談をしておくのが良いだろうと、色々と面会の段取りをした。しかし、この節、小原は多忙であった。鎮撫使が大垣に逗留中であったことにもよる。よって、菱田文蔵を通して小原へ連絡をしたが、小原は、

「別段面会するには及ばぬであろう」

と言ったということで、結局は面談することはできなかった。小原も他聞を憚ってこのようにしたのではないかと思われる。

三日、川嶋は岩倉の雑掌田中の所へ出かけた。沙汰の様子を伺うためである。

「まだ御沙汰はございません。御帰りになって御待ちになった方が良いでしょう」

と言われた。ところが、そこへ、宇田栗園がやって来たので懇談することができた。川嶋が自作の和歌を披露したところ、大層関心を示してくれた。

「岩倉様もお好みだから御覧に入れよう」

などと話して、極めて和やかな雰囲気で話ができ、川嶋は大いに安心した。


今、この極めて重要な場面に出張して来ているのは九里と川嶋である。最上格の郡奉行である九里は当然としても、軽輩の川嶋が来ているのには訳があった。奉行の佐藤久松は老衰で、ほかの者は江戸に出向いているかあるいは未熟な者たちであった。川嶋は最初から勤王を唱えて積極的に進言し、陣屋の考えを方向付けてきた。その意味で適任者であった。

この二人に当三郎が付き添ったが、当三郎は惣元取として庄屋たちを束ねており、地方《じかた》の代表に相応しい人物であった。御家の浮沈存亡がかかるこの時に、彼らが磐城平藩美濃領を代表して対応しているのである。

同日の夕刻、三人は取りあえず引き上げることにし、当三郎は美江寺で九里と川嶋に別れてひとまず帰宅することにした。

「まだまだこれからの事がある。切通へ同道願いたい」

と九里らは盛んに引き留めたが、

「とにかく一度家に帰る事に致します。また、直ぐに切通へ向かいますから」

と言って二人と別れた。

# 五　思わぬ沙汰

四日の夜、切通から
「直ぐ来るように」

との連絡が入ったので、駕籠で駆け付けた。

「岩倉様から思わぬ御沙汰があった。いかが致そうか」

と、九里が悲痛な様子で当三郎に書付を見せた。今日、大垣に呼び出しがあって渡されたものであるという。

安藤理三郎
陣屋詰
家来へ

その方共主人、今日に至っても朝敵徳川慶喜に属しており不埒である。当地の知行は召し上げられ、当分のうちは尾州藩へ取り締まりを仰せ付けられる。右の趣を早々に主人へ伝えられよ。当地は、主人の謝罪があって、勤王の実効が示されれば、また、別の沙汰が下されるであろうから、その旨よく心得ておかれよ。

但し、その方共より嘆願もあった事から、格別の思し召しをもって、その方共、俸給はこれまで通りに差し置かれるので、有り難く御受けせよ。尤も、当分は尾州家の指揮に従い、朝廷への報恩の道を立てるよう励む事。

戊辰二月

「思わぬ御沙汰でございますな。何とかせねばなりませぬな」

当三郎も思わずつぶやいた。ほかの役人たちも落胆した様子で重苦しい雰囲気である。殊に、江戸から来ている味岡重右衛門などは顔色を変えて直ぐさま江戸に発った。

九里が一同に向かって言った。

「とにかくこの事を直ぐさま殿様に御伝えせねばならぬ。そして、徳川様御味方の御考えを改めて戴き、朝廷に御謝り戴いて勤王を誓って戴くよう御諭しするよりほかはない。斎藤殿、おぬしが殿様のもとに出向いてくれ。事が急である事を御伝えし、これよりほかに道がない事をよくよく御諭ししてくれ」

五日の早朝、斎藤は江戸へ発った。中村や家近等の役人も近く出張することになり、残った者たちでほかの方策を話し合った。

「殿様が勤王に御決断されても、江戸を抜け出す事は無理かも知れぬ。そんな時には代わりに若君様をお守りして上京して戴き、勤王の実効を示さねばなるまい」

「とにかく、美濃国内の一万八千石は全うするようあらゆる手を尽くさねばならぬ」

などの話が出る中で、当三郎が、

「御殿様を御頼みにするだけでなく、我ら同志の者が京へ出向いて、色々と手を尽くしたらいかがでしょう」

と言うと、

「それもそうじゃな。姉小路様へは一度はお礼に伺わねばと思っていたから、御礼方々上京して、直にお願いする事に致すか」

ということになった。そこで、陣屋から佐藤久松、川嶋栄次郎の二人、庄屋から小嶋当三郎、遠藤重平、福島清兵衛、馬場忠次の四人、村方から喜十郎、佐藤の若党を兼ねて西改田の兵十郎の八人が出かけることになった。明六日に美江寺宿で落ち合うことにして、その日は早々に引き取った。

翌六日、八人は美江寺宿で落ち合った。それぞれに上下《かみしも》を用意し、駕籠二挺と「から尻馬」（荷物を付けていない馬）一匹で出発した。同日は垂井宿に泊まったが、翌七日は雨天で、大層苦労をして愛知川宿に泊まった。八日も雨天であったため苦労し、ようやくに大津宿へ至りそこで泊まった。

九日に京へ着き、早々に姉小路家へ連絡すると、直ぐさま迹見典膳が来て様子を尋ねた。そこで、岩倉からの沙汰について話し、姉小路の執り成しを依頼したい旨を話した。
「何分にも姉小路様の御執り成しにより、家名の相続が相なりますよう御願い致したく参りました。江戸へは使いを遣わして、我が殿が江戸を脱して勤王の実効を顕すよう御諭しして参るつもりでありますが、万一それが無理な場合は、若君をお誘いして参るつもりであります。いずれに致しましても、美濃でなりとも御家の御相続ができますよう御配慮に預かりたく御願い申し上げます」

と言うと、

「今日は幸いにも、参与の石山様が姉小路家へ御見えになりましたので、安藤家の次第を申し上げておきました。なおまた、石山様は御所へ御上がりになられますから直《じき》さま御話申し上げますので、まずは御三人ほど私の方へ御越し下さい」

と典膳が言ったので、姉小路家の近くの梅林与左衛門という者の家へ川嶋ほか二人が出かけた。そこには、当三郎らとは別に美濃から上京していた西改田の庄屋高橋惣左衛門と嘉七が居合わせていた。

この日、当三郎ら一行からの話を典膳が参与の石山に話したところ、

「近々御親征（天皇が征伐に乗り出されること）が仰せ出されるであろうから、早々に江戸へ申し遣わして、一日も早く若輩の主人を同道致し、勤王の実効を立てねば滅亡する事になろう」

と言われたということで、典膳は、

「早駕籠で早速御主君へ連絡されるのが良いでしょう」

と、川嶋ら三人に連絡してきた。

驚いた川嶋らは直ぐに引き取って来て佐藤に話し、佐藤と兵十郎が早駕籠で切通ま

で行くことになった。夜九ツ（十二時）過ぎに駕籠二挺を雇い急いで出立した。

十日、当三郎らは姉小路宅へ伺い美濃訪問の謝儀を述べると共に、姉小路の殿へは君侯よりとして小銃十挺と浜縮緬一反を、迹見摂津へは金二万疋、迹見典膳へは金一万疋、山本兵部へは金二千疋、そのほか下女に至るまで贈り物をした。

迹見摂津と迹見典膳から、

「万里小路様や石山様、三條正親町様は親類の間柄であり誠に話が通しやすく都合が宜しい。また、今日、近親の沢三位様が奥州征討総統に仰せ付けられたとの噂も聞いております」

との話を聞き、これまた、極上の都合であると喜んだ。

この日、姉小路の殿にも会うことになり、川嶋と重平、当三郎、清兵衛、忠次の五人は上下を着用して御殿へ通された。姉小路は上段に出座し、当三郎らは一人一人がひざまずいて前に進み出て、口祝いの昆布と盃を戴いた。その後、席書《せきがき》（集会の席などで即興的に描く書画）を拝見することになり、迹見摂津の娘でわずか十歳になったばかりという花浜の画の見事さに感心した。

「御望みの物があれば認めさせましょう」

という摂津の言葉に従い、何点かを認めてもらって宿に帰った。


十二日、当三郎と清兵衛は、京都で公家等との仲立をしてくれる畑柳平の家を訪ねた。しかし、まだ帰宅していないということであったので、梅林与左衛門の家を訪ねた。そして、そこに居合わせた高橋惣左衛門と嘉七に色々と内輪話をした。

「永世安心の計略を廻らさんでは、子孫に対し先祖に対して申し開きもできぬから、そこら辺をようよう考えていかにゃならん。そこら辺のところを嘉七から迹見摂津殿へ内々にようよう話してもらって宜しく取り計らってもらいてえもんじゃ」

と頼んだ。

そこへ川嶋と忠次が訪ねて来たので、四人揃って市内へ出かけることにした。北野へ参詣し、大徳寺や今宮、上加茂、下加茂などを廻った。途中、川嶋が、

「用向きの儀は迹見氏が心配してくれているから、これ以上、京に滞留している必要はないのではないか。早々に引き取った方が良いと思うのじゃが」

と言い、さらに、

「多人数が上京していては、鎮撫使を差し置いて、参与に内願いをしているようで、岩倉家に疑いを持たせる事にもなりかねん。拙者は明朝にでも帰国したいと思うのじゃが、誰か一人同道してはくれまいか」

と言った。

「なるほど、それも尤もな事でございますな。折角の努力が反対に働いては元も子もなくなりますから」

と三人も頷き、どうするかを相談した。そして、忠次と喜十郎が川島に同道して帰国することにし、当三郎と清兵衛は御幸町三條上ルの伊勢屋藤右衛門方へ移ることにした。また、重平は梅林与左衛門の家に移り、それぞれに別れて、京都見物に来た風を装うことにしたのである。


その後、畑柳平が帰京したとの知らせが入った。早速に自宅へ向かい面会をして、これまでの手続きを話し、柳平からも情報を聞いた。当三郎が、

「今後の形勢を考えると、どうも安藤家は覚束ねえが、美濃の一万八千石は残さにゃ

ならんと思っとる。ただ、安藤家に戻っても雑費などがようけ（沢山）入り用になるじゃろから、領分が衰廃するやも知れん。子孫へ後難を残しては誠に申し訳ない事じゃ。じゃからと言って、領主の危急を見捨てては忠義が成り立たん。忠孝が共に成り立つ事を考えていかにゃならん」

と腹の底からの思いを打ち明けると、柳平は、

「全く尤もな事です。明日から色々と奔走し、どこへ心配りをしたら良いかを探って御知らせします」

と言ったので、宜しく頼みますと頼んで引き取った。

畑柳平の帰京に同道して庄屋仲間の甚吾と兵吾、孝之助の三人が上京していた。彼らは当三郎らの居所が分からなかったため、「まなはし屋」彦兵衛方に止宿していた。この者たちが来て人数が多くなってはますます岩倉家の嫌疑を深めることになり、川嶋の配慮が無になるため、明朝早々に連絡をして、

「京都見物に来たんなら別じゃが、貴様らに頼む御用の向きはねえから、そのように心得て逗留するように」

と申し伝えることにした。ただ、甚吾のみは、当初から熱心に立ち働いていてくれる同義の者であるため、いずれ同宿して諸々の相談をせねばならぬと思った。

十五日に、川嶋と忠次、喜十郎が帰国し、これを見送った。その後、畑柳平宅へ出向いて先日に依頼した一件に付いて話を聞いた。柳平は、

「私も、あれ以後いろいろと探索致しましたが、何分この節、議定衆や参与衆の内に色々と揉め事があるようで、何事も決まりません。いずれは大本《おおもと》が決められると思いますから、今しばらく見合わせ、いよいよ君侯の実効を立てねばならなくなった時、理三郎君が上京をなされ、その時に大切な御願いを致された方が良いと思います。この節にては、折角頼み込まれてもその御家が何時転じてしまうかも分かりません。無益の心労を尽くす事になります。何分しばらく見合わせた方が宜しいかと思います。姉小路様も心に留めておられるでしょうから、この儀はしばらく見合わせるという事を宜しき時節に私より申し上げて置きます」

と言った。

その夜、柳平宅にて種々の新聞紙を見ながら話をした。当三郎は、

「この頃、薩州の藩士（大久保利通）が建白しとるが、全て外国の制度にするように申し立てとる。中でも、帝を異国のようにし、都を大坂に移したいとしとるが、これは全く釈然とせん。外国の帝王と我が国の帝とは冠履《かんり》（冠と履《くつ》）ほど違う。外国は運に乗じて誰であっても王位に上る事ができるが、我が国は天照大神より連綿と続いた御筋で人間ではねえから、同じ日の下で論ずるもんじゃねえ」

と、この一件について論じたが、そのほかの建白についてはこれと言ったものもなく、取り上げて話すこともなかった。

また、この日、佐藤久松が再び上京した。准后《じゅごう》様（孝明天皇の女御）の新殿にいかほどの国役金を差し上げるべきかの内伺いを得るためであった。

十七日も終日畑柳平から借用した新聞紙に目を通していた。そこへ、孝之助がやって来て、次のような話をした。

「姉小路殿より言上内願いした事はええようで大きな非があるという噂じゃ。掛かりにない御家の事じゃから、却って真正面に取り上げられて問題にされるんじゃねえかと。殊に、鉄砲を献上した事は全く良くねえとの風聞じゃ」

そこで、当三郎は、

「姉小路様への取り計らいは宜しゅうないと申し上げても、佐藤様や川嶋様は強よう信じとられるから御入腹にはならん（納得はされん）じゃろ。いずれにせよ天然自然の道理に叶うものでなきゃ行き届き難《がて》えもんじゃ。運が悪けりゃどんな手筋があってもうまくはいかん。とかく私的な計り事は叶い難《がて》えもんじゃ」

と答えた。

同夜、甚吾と兵吾もやって来て、次のように言った。

「姉小路殿に任せといても行き届かんように思う。どこで聞いても、大垣の小原公（小原仁兵衛）へ申し入れて周旋してもらった方がええじゃろうと言われる」

両人の話は孝之助の話と違って、色々と他家での風聞を聞いてのことと思われた。

そこで、

「尤もの事じゃと思う。貴様らが聞いてきた事を直に佐藤様へ申し上げてくれ。わしらからも一応は申し上げてはみるが」

と話した。

# 六　帰国して時勢を見る

十八日も畑柳平の家に行って、新聞紙を見せてもらいながら話をした。

「何分にもこの節は、外国人が上京して参内を申し込んでおるそうで、近々にはお許しが出るそうです。公家衆の間では衆議が紛々としていて、いかようの変事が起きるとも限りません」

と、柳平は外国人の動向を気にしているようである。

当三郎は、このところ連日柳平と行き来して様子を見守ってきたが、事は一向に進展する様子もなく、これ以上なす事もないため、取りあえずは帰国することにした。そして、内願いが大事の節に至ったら早々に連絡をくれるよう柳平に依頼して、まずはしばらく時勢を見ることにした。

この日、当三郎らは姉小路家へ出向き、明日帰国する旨を伝えた。ちょうど迹見摂津が出勤していて、当三郎らの通行に際して、人足帳を認めてくれた。

当家々来
小嶋三郎（当三郎）
高橋左門（惣左衛門）
福島治記（清兵衛）

一　乗駕　壱挺
一　両掛　壱荷
右はこの度御用に付、濃州改田村まで罷り越すため、宿々の人足を滞りなく継ぎ立ててくれるように。
姉小路殿役所
辰二月十九日
宿々問屋役人中

十九日、京都の旅宿藤右衛門方を出立して、大谷（東本願寺）へ参詣し、渋谷街道

（現・京都府）へ出て、夕刻草津宿（現・滋賀県草津市）に着き宿泊した。

二十日、大垣へ出張していたはずの鎮撫使付き諸藩のうち土州（土佐藩）勢が多数急いで上方に上って行ったので、

「何事か」

と尋ねたところ、堺湊にてフランスと争いが起き、土州勢が多数討ち死にしたためであるということであった。この頃中《ごろじゅう》、外国人が参内を願い出て、薩州はこれを聞き入れたが、土州は聞き入れなかったため争いが起きたようである。かねてから案じられていたことであるが、異国の軍艦が海岸を襲う事件が続いており、

（皇国は大丈夫か）

と当三郎らは恐ろしさを感じた。

この日、夜前に鳥居本宿（現・滋賀県彦根市）に泊まり、翌二十一日の七ツ時（午後四時）頃美江寺に着いた。今日、鎮撫使岩倉が大垣を発ち当駅に泊まるため、大混雑をしていた。

そうしたところ、切通から嘆願のために出張して来ていた切通役人の斎藤と和田に会った。斎藤は十八日に江戸から引き取ってきたとのことであった。早速に上方での様子を伝え、江戸の様子も聞いた。

「江戸表の御評決は大変に難しいものであった。それでも、殿様の御上京なくては勤王の実効が立たず、御家の滅亡は眼前である旨御話し申し上げたところ、ようやくに御決断され、殿様が御病気ながら御上りになられれば格別だが、もしそれが無理な場合は、御養父隆之助様（信民・幼名鏻之助の誤伝か）御舎弟嘉四郎様が御幼少ではあるが、御供をされる事になった。四日限りに御着きになるはずである」

ということであった。

さらに、二人は、

「道中疲れ気味のところ誠に気の毒ではあるが、岩倉様に嘆願書を差し出したい、是非とも認めてはくれまいか」

と当三郎に依頼してきた。やむなく引き受け一泊して認めることにして、清兵衛と惣左衛門は帰した。書面は、

「近々主人理三郎が罷り上がり実効を立てますので、何分御寛大の御沙汰を御願い申

し上げます。万一強き痛症で駆け付けが叶わない時には、養父の弟の嘉四郎が参上致します。いずれにしましても重臣の者共まで一同嘆願致しますので、幾重にも御憐愍《ごれんびん》（なさけをかける）下さいますよう御願い申し上げます」

という趣旨のものであった。書面を認めて鎮撫使軍に同行している大垣藩の桑山豊三郎と監察方参謀へ申し出たところ、今夜は御用繁多であるから一泊致し明朝伺うようにということであったので、斎藤と和田、当三郎の三人は十七条村（現・瑞穂市）に宿を頼み一泊した。

二十二日朝、桑山より連絡があったので斎藤と和田が出かけたところ、

「前夜の一件、評議したところ、尤もではあるが、当方へ直に書面を預かるのはおかしい。只今、嘉四郎君が御出になるという事であれば格別だが、近々御着という事では不確かである。この儀は尾州取締荒川弥五右衛門へ差し出しなされ」

と参謀の宇田栗園が言ったとのことであった。

荒川は細久手（現・瑞浪市）辺にいるということであったので、斎藤と和田の両人は直ぐさま早駕籠を頼み細久手に向かった。当三郎は疲れていたため、二人に断って

自宅に帰った。

二十三日、磐城平藩江戸屋敷の家老松本右門が夜前に江戸から着いたと切通から知らせてきた。嘉四郎君は二十九日に着かれるとのことであったから、まずは呉郎作を差し出し、家老に伺いを立てると共に、その指図を受けてから若君を迎えに出たい旨伝えさせた。そして、当三郎は久しぶりに髪月代《かみさかやき》の手入れをした。

二十四日に切通へ向かい家老の松本に会った。切通の動きや京都での手順などを話し、江戸表の次第などを聞いた。

「御隠居様（信正）も勤王第一の御心得にて、御愛子鈴之丞様を御上《おのぼ》せに御決しなされた。作之助様と申す御子が御有りじゃが、御謹慎中に御生まれになった御子じゃから宜しからずと言って、わずか三歳の御末子鈴之丞様を加茂下左内殿に御預けになって御上せになった。御幼年の御子をもって実効と申すにはいかがと思われるが、何分にも理三郎様は御病中の事故致し方がない」

ということであった。嘉四郎君と聞いていた名前は誤りで、鈴之丞君であった。いずれにしても、どうなることかと心が痛む思いを当三郎は抱いたのであった。

当三郎は、二十五日に帰宅したが、翌日、切通より福島清兵衛と下西郷村の庄屋野々村佐兵衛が大喧嘩になったので直ぐさま出てきて欲しいとの連絡があり、急いで出かけた。喧嘩の原因は次のようなことであった。

先日、鎮撫使から呼び出しがあり切通より九里と和田が出かけたが、その時に、鎮撫使から、

「姉小路に手を入れられたのはいかがの次第か。当方の処置が入腹行かないので京都へ出て讒言《ざんげん》など申し立てられたか」

と言われた。それで、九里が、

「姉小路様へ罷り出ましたのは、領分の内より御同家へ奉公に出ている者がおりまして、その者が姉小路様に諸藩が大難渋している事を御伝えすると、『それは気の毒である。何とか平安に済まされるようにはできないか』と言ってわざわざ御下り下さいました。その御供に罷り出たものでございます。また、領分の者たちは本願寺の参詣や所用で上京したものでありまして、決して手入れなどに出かけたものではございま

せん」

と答えると、

「そういう事であれば何の疑いもござらぬな」

と鎮撫使参謀が言ったということであった。

この話を和田がみんなに話したところ、斎藤が、

「なるほど、そうした御嫌疑を持たれるのは尤もな事じゃ。自分も多人数で上京したのは宜しくないと思う」

と言い、そこにいた野々村佐兵衛や庄屋仲間の渡辺源内もそれに同調して、

「じゃから、近々厳重な御沙汰が下されるという事じゃねえか」

と言ったので、佐藤久松や川嶋栄次郎をはじめとして、上京した者たちは大いに腹を立てた。福島清兵衛と馬場忠次は佐兵衛に向かって、

「そのように申すんなら、もう今後は決して奔走はせん。はじめから宜しくないと思っとったら、最初に申すべきじゃ。この節に至って人の働きを下すのはもってのほかの事じゃ。全く腹が悪い。差し当たって野々山甚右衛門様（江戸より来陣の藩士）の御上京の付き添いを命じられとるが、御断りを申し上げる」

と言い、大喧嘩になった。殊に斎藤は最初から考えが違っているように振る舞っていたから、佐藤などは、討ち果たさんばかりの勢いであった。よって、困り果てた斎藤と佐兵衛が当三郎を呼んだのである。

当三郎は、

「とにかく良きも悪しきも皆々殿様の御為筋《おためすじ》（為になる）と心得てやっとる事じゃ。万一見込み違《ちげ》えがあっても時宜に応じて考えていくべきじゃ。人の働きを押さえて自分の手柄を顕そうとするから行き違《ちげ》えも出てくる。とにかく喧嘩なんかしとらずに、力を合わせにゃあああかん」

と仲を取り持った。家老の松本は、斎藤や佐兵衛らを厳しく叱りつけ、退役蟄居を命ずるほどの勢いであった。しかし、

「大事の前の小事」

と互いに理解し合って和談した。

その夜、あれほど怒っていた清兵衛も落ち着いて野々山の下働きとして上京し、同じく腹を立てていた甚吾も切通陣屋が出兵するための買い物に上京した。

二十七日、家老の松本は、若君を名古屋に迎え方々尾州取締の荒川弥五右衛門に会い、切通陣屋出兵の指図や添え状を貰う手筈を依頼した。切通陣屋では、勤王の実効を顕すためには出兵しなければならないだろうと前々から決めており、先日、荒川から、出兵に当たっては添え状を遣わすから用立て次第繰り出すようにとの指示を受けていたからである。よって、二十八日にそれを貰い、二十九日に出兵することに決めた。

ところが、二十九日になっても荒川から添え状が届かない。以前から殿様が着かれてからでないと添え状は差し出し難いと聞いていたので、やむを得ぬことではあるが、今晩、若君が到着されれば明日は間違いなく届くであろうということで準備を進めた。

晦日になっても添え状は届かず、名古屋からも何の沙汰もない。しかし、明朔日は出陣には日柄が良くないため、やむを得ず今日の内に新加納（現・各務原市）まで繰り出すことにした。隊長は九里鉾太郎、教師は佐藤久松、家近金吾や小嶋呉郎作が大砲方で、陣屋役人と農兵士を合わせて六十三人の軍隊である。当初は呉一郎も大砲方として含まれていたが、呉一郎まで駆り出されては小嶋家は立ちいかなくなるため、これは断った。

昼後に切通を出立して前一色村（現・岐阜市）まで進み、ここで大調練をして新加納へ繰り出した。当三郎は先回りをして、周辺の者に諸準備を整えさせた。

# 七　殿様・若君の上京

鈴之丞君は二十九日に江戸屋敷の家老加茂下左内の付き添いで名古屋に着かれた。また、殿様も江戸を出立して京に向かい、磐城平藩の三河陣屋（磐城平藩は三河にも所領を持っていた）に着かれたとの知らせが三月十三日に届いた。

当三郎は、延引していた鈴之丞君への伺いのため、十五日に福島清兵衛と高橋惣左衛門の三人で名古屋へ出かけた。本町三丁目の林屋弥助方に泊まり、切通の奉行衆が泊まっている六丁目の若葉屋へ名古屋に出向いた旨を届け出た。

十六日には鈴之丞君の本陣である九一屋小八方へ伺った。家老の加茂下は三州の殿様のもとへ出かけていて留守であったが、切通役人佐藤の案内で鈴之丞君に拝謁し、持参した御手遊びを差し上げた。鈴之丞君は、当三郎を「ジイ、ジイ」と言って慕い、抱きかかえると、離れなくなった。ようやく乳母に渡したが、むずかったため、また

また抱きかかえ、座敷や廊下を行き来して、しばらく御相手をした。抱きかかえながら、

「御気の毒な御身の上である事よ」

と、当三郎はつくづくと思った。

十七日に家老の加茂下が帰ったので、殿様の様子を聞いたところ、

「殿様の御病気は余り宜しくないが、御上京に赴かれた。東下された有栖川宮様の軍とはうまくやり過ごされたが、国許《くにもと》の磐城平が幕府方であり、上方に御伺いなされた上でないと入京できるかどうかも分からない。御供の村上権之助を京に派遣してお伺いを立てているから、今しばらく三州に御留まりになる事になろう」

ということであった。

十八日、当三郎はひとまず帰村することにし、鈴之丞君に別れに行くと、またまた慕われて抱きかかえ、みんなで大笑いした。

二十三日には、殿様が三州陣屋を発たれ、二十四日の昼に名古屋、同日に万場宿

（現・名古屋市）に泊られて上京されることになった。歩士《かち》格以上の者は御伺いに罷り出るよう沙汰があったが、当三郎は持病のため御断りをした。ただ、殿様の入京が叶えば勤王の実効は成り立つため、まずは一安心であると思った。また、切通から出兵した軍隊も鎮撫使総督に受け入れられ、お供を仰せ付けられたようで、これもまた、一安心というところであった。

領内では、年明けからの非常事態のため、去年の収納米（年貢米）が封印となっていたが、二十八日に尾州からこれを納めよとの沙汰があった。尾州の荒川弥五右衛門から家老の加茂下に話があり、相談をしたいから出てくるようにとの知らせがあったため、切通役人の金古と川嶋、それに当三郎の三人が名古屋へ出かけた。本町十七丁目蔦屋左助という茶屋に加茂下と先に来名していた佐藤、それに金古、川嶋、当三郎の五人が会し、加茂下から話があった。

「御封印米の儀は、これまでも収納延引を嘆願してきたところであるが、何分にも朝命として出穀を仰せ付けられては御断りする事はできぬ。我が藩はもともと佐幕であり、最初に召し上げられても致し方のないところ、しばらくの御宥恕《ごゆうじょ》になってきた。

指図通り出穀致さず候ては本願の復地（美濃領を藩に返してもらう事）にも相拘わり、また、殿様が御上京遊ばされておるのに出穀致さず候てはいかような仰せ付けがあるやも知れぬ。何とか故障なく出穀できるように村々へ申し諭してはくれまいか」

といぅことであった。当三郎は、

（出穀してしまっては、勤王のために出兵している費用などを何で賄っていけば宜しいのでしょうか。もうこれ以上賄うものは何もありません）

と言いたかったが、何分にも復地を願い出ている以上致し方はなく、やむなく了承して引き取ってきた。

晦日、一同は帰宅して、村々の庄屋にこのことを伝えた。翌日、当三郎は方県郡と本巣郡の村々を下尻毛《しもしっけ》村（現・岐阜市）の佐平次方に集めて申し諭した。

「折角の収納米を出してまってええんか。この先どうやっていくんじゃ」

と反対する者もいたが、やむを得ぬことと説得した。

# 八　出兵人を帰せ

四月二日に、大垣から当三郎の妹おなほがやって来て、関東の評判を伝えた。

「大垣でも確かな事は分からんそうやが、三月九日に戦争があって大垣勢も少しばか（ばかり）怪我をしたそうや。その人んたが三、四日前に帰ってきたそうで、相手は浪人たちで三十人ほど討ち死にし、後はみんな逃げたという事やそうや」

また、

「その後は一向に戦争はないそうやが、会津は老若男女みんなが決死の覚悟をしとり（しており）、諸藩から浪人が加勢に来とって、奥羽の鎮撫はなかなか難しいそうや」

ということであった。

大垣藩は大坂の取り締まりに出向いていた兵たちが旧幕府軍に加わって戦ったことから朝敵となり、重臣小原仁兵衛の奔走によって許されることになったが、代わりに東山道鎮撫使先鋒の役割を命ぜられることにもなって千二百余名の兵を派遣していた。よって、おなほが伝えてくれたようなことが起きていたのである。

当三郎は、

「呉郎作んたは譜代の家来でもねえし、年来撫育に預かっとる者でもねえ。一時の勢いで出征しただけのもんじゃから、早々に暇を貰い一日も早《はよ》う帰って来るように祈っとる」

と話した。

当三郎は、先月の十一日、高屋村が出兵先の馬場忠次のもとへ差し立てた飛脚に、

「呉郎作に、暇を願《ねが》え出て帰ってくるようにと言づてしてくれ」

と頼んでいた。その飛脚が四日に帰って来て言うには、

「呉郎作殿も隊長に何度か願《ねが》え出たようじゃが、なかなか聞き入れてもらえんと言っとった」

ということである。それどころか、去年より勉学のため江戸に遣わしてある呉一郎が、呉郎作へ面会に出かけて江戸の様子を伝えたところ、それを聞いた隊長が、

「是非、江戸の様子を探って知らせて欲しい」

と頼んできた。それで、その後も何度か知らせに行くと、酒代として十両をくれ、なおまた、探索を依頼してきた。そして、呉郎作にも今しばらく勤めてくれるよう依頼してきたということである。

「こんな様子じゃから、これを振り切って帰宅する事はできん。今しばらくは留守を頼む」

と言っていたとのことである。

それで、当三郎も、

「御用の役に立っとるならやむを得んなあ」

と言って、呉郎作に代わって庄屋役を務めていたが、庄屋を譲ってからしばらく経つため、金銭面の取り扱いで大いに苦労していた。

十五日、当三郎は久々に切通へ出向き、陣屋役人の金古から京師《けいし》（京都）や関東の様子を聞いた。江戸では、徳川慶喜の謝罪に付いて、一橋家や田安家から嘆願書が差し出され、大総督有栖川宮に差し上げられて、寛大なる沙汰があったということである。また、四日には、東海道鎮撫総督の橋本実梁《はしもとさねやな》と副総督の柳原前光《やなぎはらさきみつ》が江戸城に入り、徳川慶喜の死一等を減じて水戸での謹慎を命ずる詔勅が下されたということでもあった。

二十一日に関東から心配な情報が入ってきた。十一日の夜、安藤家の人数が見回りをしていたところ狼藉者が打ち掛かり、争いになって二人が死に三人が手負いとなった。先方も三、四人が死んで手負いの者も出たということである。これによって、出兵している者の親兄弟が頻りに心配をし、早々に帰村させてくれるよう官軍の陣屋へ訴えたいと言ってきた。

このようなことが起きては、勤王の実効を顕すために出兵してきたことが無になってしまうため、飛脚をもって確かな状況を見届けさせると共に、農兵を藩の兵士と引き替えるか、さもなければ親兄弟が安心できるような処置を講じるかのどちらかにしてくれるよう切通軍に依頼することにし、関係の村々を集めて相談することにした。

二十二日、上尻毛村や曽我屋《そがや》村（いずれも現・岐阜市）、柱本《はしらもと》村、高屋村（いずれも現・本巣郡北方町）、小柿《こがき》村、十四条《じゅうしじょう》村（いずれも現・本巣市）の庄屋を西改田の与兵衛方に集め、その旨を話すと、全員がそれに賛成した。そこで、当三郎はその旨を書いた願書を作成し、飛脚の喜十郎に持たせて江戸の呉一郎に届けさせ、呉一郎から切通軍の軍裁（九里鉾太郎）に届けさせることにした。

閏四月一日に出陣先の呉郎作から書状が届いた。歩人の新助という者が御用で陣屋に立ち帰り、それに託したものである。それによると、

「大総督有栖川宮様は江戸の増上寺へ御入りになったが、岩倉卿はいまだ板橋に御滞留である。江戸表へ御打ち入りに相なれば、御暇を下さるようである。江戸表は慶喜公が九日に水戸表へ御退きになり、御麾下《ごきか》（将軍直属の家来）の面々は城外に蟄居を仰せ付けられている。十一日には御城明け渡しに相なり、江戸表は沈静に至ったようであるが、とかく奥州は治まらず、江戸の旗本衆およそ三、四千人が会津へ落ちて行ったようである。いずれ岩倉様も奥州に御進発になるようで、そのようになれば我らも奥州へ御供仰せ付けられて御暇は出ず、甚だ心外に存ずる。いずれにしても切通へ御願い下され、代人を御差し向け下さるよう願いたい」

というものであった。

三日、切通役人の金古から、新助が明後日出陣先に戻るから呉郎作へ書状があるなら託すと良いとの連絡があった。幸い出兵人の親族たちから嘆願をして欲しいとの申し出があったので、廻状を回して明四日に切通へ出るように連絡した。

四日、当三郎は切通へ出向き、川嶋と内談をした。

「陣屋の評判が御領内で宜しくないのは、全出兵人の御帰しがないからです。陣屋から誰かを派遣して江戸の人数と引き替えてもらえるよう御願いしてもらえんでしょうか」

と頼み、

「殊に呉郎作と馬場忠次の両人は是非とも御帰し願いたい。ただ、当人たちの願いによって御帰し下さるんでなく、御用があるから帰すという事にして欲しい。それは呉郎作にも内々伝えておきますので」

とも頼んだ。

川嶋はこうしたことも含めて奉行や金古に話し、許しを得て、集まった者たちへは、使いを派遣して人数の引き替えを依頼する旨を伝えたので、集まった者たちも安心して帰った。但し、往復のために二十日から三十日は掛かることも付け加えた。

十八日に呉郎作が飛脚の喜十郎を召し連れて帰ってきた。国許《くにもと》に帰って弾薬の製造に当たるためとの理由で帰ったようである。また、馬場忠次も帰ってきた。忠次は京都へ御届けすべき物があるためとの理由であった。

帰ってきた両人は全くやる気をなくしていた。江戸で御屋敷（磐城平藩江戸屋敷）の家老矢代の用人味岡重右衛門と話した折に、味岡の言った次の言葉がそうさせていた。

「もともと濃州（切通陣屋）は、陣頭《じんがしら》から沙汰が出る前に下方から動き出し小癪な気分である。今般のようにいらざる出兵をし、その上所々に手入れをしたりしたから、今以て復地の沙汰がない。三州（磐城平藩三河陣屋）などは何事も役頭《やくがしら》の指図に従って動いたから何の差し障りもない。何分にも復地がなく、出兵の難渋などをしているのは、全く下方の者が差し出がましい事をしたからである。殊に川嶋などは重役を差し越し、成り上がりの気分であるから大事を誤ったのであり、もってのほかである」

と、余りにも意外な言葉にあきれ果て、

（これじゃとどれほど骨を折っても無駄じゃ。殿様のためにもならん）

と思った。切通の九里鉾太郎や佐藤久松の功績を悪しく言うので、ほかの藩士たちにも思いを聞いたところ、いずれも同じような考えで、

「元来農兵などを用いなくとも、御家人をもって出兵すれば問題はない。貴様たちから農兵の者共へこの事を話して、早く帰村したいと申し出させよ。さすれば、九里や佐藤も致し方なく江戸屋敷へ申し出るであろうし、両人から頼めば農兵共を返してくれるであろう。いずれにしても両人が切腹するまで問い詰めるべきであるという者もおる」

ということであった。この分では決して御家のためにはならず、美濃領の者たちが大砲を借りたり金の工面をしたりするのも他藩のことのように思っているようである。余りにも案外なことに、呉郎作は弾薬を作る気持ちもなくなったと言った。よって、当三郎は同義の者で申し合わせて陣屋に言上し、みんながやる気をなくすようなことにならないよう対策を考えてもらわねばならぬと思った。

二十五日、当三郎は馬場忠次らと共に切通へ出向いた。そして、江戸表の件につい

て、川嶋や遠藤重平に、

「出兵の者たちが藩士たちと引き替えにならんのは、九里様たちと御屋敷の衆との仲がうまくいっていないからではないでしょうか。このままにして置くと、美濃領が復地になってもこれまで通り切通陣屋が治めるという事にはならず、万一復地が叶わなかった場合は美濃の心得違いによると誹りを受ける事になるに違いありません。だからといって、呉郎作や忠次が『江戸屋敷の者たちがこのように言っていた』と御家老様に申し上げるのも宜しくないから、出兵の者たちが御家来と引き替えにならないのはどうしてかを隊長に問い詰め、その答えを聞いた上で御家老様に申し上げて、御屋敷の了見違いの者たちを譴責《けんせき》してもらったらどうでしょう」

と話した。川嶋や重平も賛成したので、そのように進めることにした。

# 九　殿様への拝謁と復地の知らせ

四月に上京された殿様が、二十四日に天皇から従五位下対馬守の任官を得たとの情報が五月一日に伝わってきた。まさに勤王の実効が認められたのである。

五月八日、十四条の庄屋兵吾が、殿様は六日に京都を発たれ、七日に高宮（現・滋賀県彦根市）泊まり、九日に起宿《おこし》（現・愛知県一宮市）泊まりで帰国されると伝えてきた。そして、切通陣屋から、墨俣宿《すのまた》（現・大垣市）へ御伺いに出るようにと沙汰があった。当三郎は、一応明九日の早朝に出かけることにしたが、この頃中の雨で大水となりどうなるか分からないため、明日雨が晴れてから考えることにして福島清兵衛と申し合わせた。

九日になり、天気は晴れたが、昨日の雨で近くを流れる板屋川が切れ入り、洲の村々一円に出水していた。殿様がどうされるかは分からなかったが、当三郎は清兵衛と相談をしてとにかく出かけることにした。川部から舟に乗って高屋村へ出、高屋村の庄屋馬場忠次と定四郎を誘って河渡（現・岐阜市）に舟を付けた。そこで大川舟に乗り換えて墨俣へ渡ったが、佐渡川《さわたり》（揖斐川《いび》）は川止めとなっており、大垣城下も出水しているようで、殿様が今日出立される様子はなかったので、墨俣に泊まることにした。

十日、佐渡川はいまだ渡ることができず、領家《りょうけ》（現・大垣市）に廻って土手伝いに大垣へ出た。問屋で尋ねたところ、赤坂（現・大垣市）へ廻らなければいかんとも し難いということであったので、まずは赤坂に出てそこから垂井《たるい》（現・不破郡垂井町）に向かうことにし、笠縫《かさぬい》村（現・大垣市）筋から赤坂へ出た。そこで改田村の嘉七に出会った。表佐《おさ》（現・不破郡垂井町）の有馬屋へ行くと切通の役人が来ていて、殿様が先ほど垂井へ御着きになったと聞いた。また、その役人から、殿様は今晩垂井にお泊まりになるとのことを聞き、嘉七を佐渡《さわたり》（現・大垣市）に遣わして殿様の渡河についての渡船場との交渉に当たらせることにした。

四人は垂井へ向かい家老の松本のもとへ出向いた。松本は京都の事情をよく知って

いて、

「殿様が、御復地前に御帰国になっては貴様たちに申し訳ない事であるが、太政官も追々役替えになり大混乱の様子であるから、近日中に御復地の御沙汰が出る事はなさそうである。しかし、御復地になる事は間違いないから安心して良い」

と言った。この時、当三郎らは初めて復地になることを知った。

「復地になりますか。良うございましたなあ」

と思わず声を出し、四人は顔を見合わせて喜び合った。これまで努力してきたことがようやくに実ったのである。

松本も機嫌が良かったのか、殿様一行が出水によって江州路で二日間も宿留めになったことなどを色々と話し、明朝の御発駕前には殿様が当三郎らに御目見得される御つもりであるとも言った。御目見えと聞いて当三郎らは緊張したが、とにかく上機嫌の松本と夜の四ツ時（午後十時）頃まで話し合った。その間、嘉七から連絡があって、明日も佐渡川は川止めであるが、雇い船なら通行ができると言ってきた。

十一日、いよいよ御目見得することになったが、出水の中取りあえず駆けつけてき

たので礼服も持参していないことを当三郎が告げると、

「尤もの事であるから、苦しゅうない」

と言われ、沙汰次第本陣へ詰めるようにと言われた。

ほどなく沙汰があり四人共に出仕をした。殿様は、

「その方共尽力致しくれ、特に献金などをしてくれた事は奇特である。何とか濃州領分は回復になり帰国に相なった。切通陣屋において目出度く会おうとかれこれ心配したが、何分太政官も大混雑で、途中の廻行はせず国許《くにもと》で応接するよう仰せ付かったため、帰国に及んだ次第である。さりながら安心の筋に相なった。全くその方共の丹誠故と存ずる。委細は右門（家老松本右門）から聞いてくれ」

と言われた。本当に懇《ねんご》ろで有り難い挨拶であった。見上げたところ殿様は大層立派な方であったが、疳症《かんしょう》（癇癪持ち）という持病を持たれていて、それが時折表れていた。

近習頭《きんじゅうがしら》の加藤清十郎から、

「御酒を下さるところであるが、御発駕前であり、貴様たちも水入りのところ大変であるから、いささかながら目録を下される」

と言って金五百疋を下された。

殿様は、巳刻（午前十時）に発駕されたので、当三郎らは、垂井宿のはずれで暇乞い（別れの挨拶）をして引き取り、朝飯を食べてから帰村した。

帰宅したところ、川嶋栄次郎と遠藤重平から、殿様との御目見得について相談したいとの書状が来ていた。また、今晩起宿で殿様に御目見得するため礼服を持ってくるようにとの廻状が庄屋仲間から廻ってきたが、当三郎らは既に殿様への拝謁を済ませており、いささか優越感を感じた。

十二日の夜前、殿様は起宿御泊まりの予定であったが、なぜか加納駅に御泊まりになるとの連絡が入った。起川（木曽川）の西、大浦（現・羽島市）辺に出水があって通行が出来なくなったためか、あるいは、ほかに何らかの御考えがあってのことかと伺いに出たかったが、垂井から帰ったばかりで疲れて横になっていたし、相変わらずの大雨で途中が難儀であったため、出かけることは止めにした。呉郎作も是非罷り出るべきところであったが、病気で伏していたため、使いの者を遣わして、手札代わりに献上品を届けることにした。枝柿一箱と扇子一箱を白木台に載せて殿様へ、小菊一束を家老の松本右門様へ差し上げることにし、使いの者に切通へ届けさせ、切通の役人から届けてもらうことにした。

十九日に川嶋から連絡があり、鎮撫使の岩倉から、
「安藤家は出兵等を致して勤王の実効がよく顕れたので、旧領地を元のように安堵される旨の御沙汰になった」
との連絡が入ったと伝えてきた。殿様への拝謁の折に聞いて知っていたことであるが、鎮撫使からの連絡と聞いて、一層確かなことであると確信した。同義の者たちへも伝えて欲しいということであったので、当三郎か呉郎作のどちらかが切通へ出かけることにした。川部の福島清兵衛に呼びかけたら同意したので、結局は呉郎作が清兵衛と共に出かけた。

先月の十七日から雨が降り続き、殿様もいまだに加納に逗留しておられる。二十日に晴れとなり、二十一日に川明けとなったため、呉郎作が加納へ伺ったところ、切通

の奉行戸川弥左衛門が死去したということであった。あまりにも突然の死であったので何事かと思ったら、割腹とのことであった。綾小路の進行以来終始不行き届きの点があったため、家老から厳重な御沙汰があったとか、殿様から強い御叱りがあったとかいうことである。どちらかといえば平生から余り間に合う（手際の良い）ほうではなかったが、よくよくのことであったと思われる。呉郎作からこのことを聞いた当三郎は、

「折角御復地になったというのに、誠にお気の毒な事じゃなあ」

と寂しげに言った。

## 十　復地反対

二十四日の夜、奉行の佐藤久右衛門から当三郎に書状が来た。

「高屋村一件につき内談致したいので、加納駅出張先へ来て戴きたい」

というものであった。川嶋からも書状が届いた。

「高屋村一件ならびに曽我屋村（現・岐阜市）にも兆しがあるようだから鎮撫方依頼したい」

とのことであった。

当三郎は、何事か全く合点がいかず、

（板屋川堤でも理不尽に築いたので、それを止めてくれという頼みでもあるんじゃろうか）

と思いながら、何分にも夜中のことであるので明朝に出かけることにした。

二十五日、当三郎は、加納の富岡屋へ出向いた。佐藤のほかにも代官の金古など数人が来ていた。佐藤から、

「高屋村の小前の者共が徒党を致し、尾州の岐阜御役所へ永代御預かり所にして欲しいと願い出たのじゃ。このようであっては殿様の御名を汚し、勤王の御実効にも障りになる。何とか説得してくれまいか」

との話があった。美濃国内には多くの尾張藩領があり、岐阜町もその一つとなっていて、尾張藩の岐阜奉行所が置かれ支配がなされていた。その奉行所へ小前らが願い出たのである。

高屋村は既に願い出を済ませており、今日、両曽我屋村が岐阜に出かけたので、是非とも鎮めて欲しいというものであった。当三郎は、事情がよく飲み込めず、

（一体何事が起こったのじゃ）

と思ったが、

「分かりました、早速岐阜に出向いてみます」

と答えた。

岐阜に向かい、両曽我屋村の小前たちに会って話を聞いた。

「わしんたの村には、これまで大変《てえへん》な荒所《あれしょ》ができとるが、切通はちょっとも（少しも）繕ってくれん。それどころか、年貢を御用捨《ごようしゃ》（免除）されるはずの土地の弁償米も取られる」

「毎年《めえとし》の水損で暮らしが行き詰まっとる。借金が増えるばっかで、百姓を続けていく事ができん」

「この上復地になったら、これまでの政事と何んにも変わらんじゃろから、何んにもええ事はねえ」

「こんでは、ここに住んでけん」

「せめて尾張様のような大家の御支配になりゃ、またまた御救いも下さるじゃろから、御願《おねげ》えに来たんじゃ」

と口々に言った。当三郎は、

「言い分はよう分かった。そんでも、このようにお前んただけで押しかけてきたんじゃ話にならん。わしらも何とか難渋を凌ぐ方法を考えるで、ひとまずは村に帰れ」

と説得したが、一向に聞き入れない。

下曽我屋村は、上曽我屋村よりも先に来ていて、岐阜役所との間で次のような遣り取りがあった。

「村役人と一緒に来るならまだしも、小前のみで来るとはどういう事じゃ」

と御叱りを受け、

「村役人へ申し出ましたが聞き入れてくれなんだで、やもう得ず我らだけで御願《おねげ》えに上がりましたのじゃ」

と答えた。

そこで、役所は、小前たちを取り鎮めようと付いて来ていた下曽我屋村の村役人丈四郎に尋ねたところ、丈四郎は

「難渋しているのはその通りでございます。しかし、私共を差し置いて大勢で出かけて来てはどうにもなりません。とにかく村に帰り、話し合って、切通御陣屋に勘考してもらいたいようなことは村役人から御願いするようにしたいと思います」

と言ったが、小前たちは聞き入れなかった。

当三郎も、

「とにかく一度村に帰ってから話し合おうじゃねえか。その上で願《ねげ》え出る事は願《ねげ》え出

るようにしようじゃねえか」

　と何度も説得したが聞き入れなかったので、岐阜役所の役人は、

「それならば、村役人たちは願い出たい訳ではないが、小前たちはどうしても願い出たいと行き違っている事を、荒川弥五右衛門殿へ申し伝えるが、それで良いか」

　と言った。小前たちは、役人の理解のありそうな受け答えに、

（願《ねげ》え出りゃ聞き入れてもらえるんじゃ）

　と思い込み、

「是非御願《おねげ》え致しまする」

　と喜んだ。

　そこで、当三郎は、岐阜役所の役人坂内彦十郎に内々に話し、

「とにかく私が立ち入って理解を図り、お手数を煩わせる事のないように致しますので、明日一日荒川様へ御話になるのは控えてもらえないでしょうか」

　と頼んだ。

　そこへ、下印食村《しもいんじき》（現・羽島郡岐南町）の村役人源四郎と浪右衛門が騒動を聞き付けて駆け付け、沈静を図るのに力を貸してくれた。そして、当三郎と一緒になって役

人に頼んでくれたため、岐阜役所の役人も奉行衆に伺いを立てて、願いを聞き入れてくれた。

当三郎は、小前たちに、

「明日、村方へ出かけて取り調べ、いよいよ御願《おねげ》えに上がろうという事になったら、どのようにも相談に乗ろう」

と話して引き取らせた。両村の村役人たちも駆け付けていたが、手に負えないからと言って、

「よろしゅう頼んます」

と言ってきた。

その日の夕刻、当三郎は、加納で家老の松本右門に会い事の始末を報告した。奉行の佐藤や代官の金古、川嶋らも立ち会った。

「何とか明日中には沈静を図りたいと思いますが、もし、それが叶わなかったら、荒川様へ申し込み、京都からの御復地を早めて戴くよう御願いする必要がありましょうな」

などと話し合った。松本は、

「是非とも骨を折りうまく治めて欲しい」

と言った。


二十六日は終日かかり、夜の九ツ時（午後十二時）頃まで両曽我屋の話を聞いた。上曽我屋の小前たちからは村役人たちが倹約すべき箇条を数十口ほど聞き、丹誠を尽くして難渋を凌ぐべき対策について話を詰めた。

下曽我屋の者たちは何分にも不服で、それは、庄屋多左衛門の内々のことに関わることでもあって、なかなかに納得しなかった。

二十七日、話し合いの様子を家老の松本らに伝えたところ、

「御骨折りによって、まずまず沈静になり申した」

と喜んだ。

しかし、下曽我屋の不服を聞いていると子細があるようで、前もって尾州の荒川へこちらから話をし、岐阜役所からの連絡は延ばした方が良さそうであったので、下印食の源四郎と浪右衛門に頼んで岐阜役所へ出向いてもらいその旨を伝えてもらった。

当三郎は加納に残り、同義の者たちと色々内輪話をした。そんな中で、

「殿様御付の家来衆が女郎買いをしたという評判じゃ。こんな時にとんでもない事じゃ。御家老様に申し出て止めてもらわにゃならん」

という話が出た。川嶋に話したところ、川嶋もかねてからこのことを心配していたようで、一緒に家老に話すことにした。

また、医者の川端道順という者がいて、このことを聞いて、

（不心得な事じゃ）

と思っていたようで、家老の松本に話していた。松本は驚き、今日にも近習頭の加藤清十郎に申し付けて、厳重な沙汰を申し付けるということであった。

「御家老様に通じているのなら、この上一同が打ち揃って申し上げるまでもないので、川嶋様から申し上げて戴きたい」

ということになり、川嶋が代表して言上した。家老は、

「忠義の段感じ入った。これからも気付いた事があったら申し立ててくれ」

と言われたということであった。

同夜、尾張藩岐阜役所に出かけていた下印食の源四郎と浪右衛門が戻って来て、

「岐阜役所にはほど良く話しといたでな」

と報告した。それを聞いて、当三郎は、

(下曽我屋の多左衛門の家に行ってもう一度申し諭さねばならんな)

と強く思った。

この夜、下西郷の野々村佐兵衛と小柿の孝之助も当三郎を訪ねて来たので、

「明日《あした》、わしは下曽我屋の多左衛門の説諭に行こうと思っとるが、お主らも一緒に行ってくれんか」

と言うと、二人とも同意してくれた。


二十八日、三人は多左衛門の家に出かけた。当三郎が、

「お前が小前共を差し止めな、お前も小前と同じで安藤家を嫌っとると受け取られるぞ。もし、そうでなけりゃ、復地がうまくいくように骨折ってくれんか」

と言うと、多左衛門は、

「御親切の段忝《かたじけね》え。わしも全く打ち捨てとった訳じゃなく、小前んたが余《あん》まりにも多人数じゃったので手が付けられず、村役人の丈四郎に任せてまっとったんじゃ。お前様んたも心配していて下さるで、小前共を呼び寄せるから、是非とも申し諭してやって下され」

と言って、小前や高持ち連中を呼び寄せた。

集まってきた連中に、当三郎は、

「とにかく御復地になる事は間違《まちげ》えねえ。是非とも難渋を凌げるように切通へ御願《おねげ》えしていこうと思っとるから、徒党がましい事は止める事じゃ」

と言い、

「その返事が貰いてえ」

とも言った。

しかし、夕刻まで待っても小前たちから返事は来なかった。そこで多左衛門と丈四郎へ、

「これは、無体《むてえ》に理解を押し付けるもんじゃなしに、よく申し諭し、その上で返事させた方が良さそうじゃ。我らがむやみに返事を催促《せえそく》してもいかんようじゃから、今日

は引き取る事にするわ」

と言って引き取った。

その帰り道に又丸《またまる》(現・岐阜市)へ立ち寄った。又丸も岐阜役所へ願い出たと聞いていたので、庄屋の半七の家に寄って尋ねることにした。半七は留守であったが、家の者から、

「村役人が取り治めたと聞いとります」

と聞いた。

また、孝之助に高屋村の様子を尋ね、その次第によっては村に出かける日取りを考えてくれと頼んで夕刻家に帰った。

二十九日、又丸の半七が当三郎の家にやって来て、

「昨日《きんのう》は出かけとって済まなんだなあ。わしんどこも村方の者共が心得違《ちげ》えをして岐阜へ願《ねげ》え出たんじゃが、何とか取り鎮めましたんで、差し当たり御手数はかけんでもええようじゃ。しかし、いつ何時騒ぎ立てるかも分からんで、その時はまたよろしゅ

う頼んます」

　と挨拶をして行った。

　その後、孝之助から書状が届いた。

「高屋村の一件はなかなかに治まらず。小前一同は連印をして、どこまでも願《ね》え立てようとの勢いじゃから、是非とも出張願《ね》えてえ」

　ということであったので、当三郎は高屋村へ出かけた。

　村役人の内庄屋たち三人が出かけていて留守であったので、まずは小前たちと話をした。

「先日、庄屋様んたは切通へ御願《おね》えして安心できるようにするで、岐阜役所へは決して願《ね》え出んようにと言っとったけど、聞くところによると、復地になるまでは、何もできんという事のようやったで、そんでは安心できんと岐阜へ行った。岐阜役所では、何でもいいから申せと言われたで、是非永代御支配を御願《おね》えしますと申し上げたんじゃ」

　と小前たちは言い、

「そんでも御救いがなけりゃ、よくよくの事と諦めますじゃ」

とも言った。当三郎は、

（いずれ村役人と一緒に切通へ連願《つれねげ》えさせる必要があろう）

と思ったので、川嶋に内々出張してくれるよう頼んだ。また、庄屋たちにも早々に引き取ってくるように飛脚を立てた。しかし、川嶋は病気ということで来ることができなかった。

晦日、村役人たちを説得したところ、

「何て言ってもわしらの申し付けは聞かんで苦々しい限りじゃ。連願《つれねげ》えと言ったってわしらの指図には従わんので指図のしようがねえですわ」

と言ったので、

「平安の時ならそういう事もあろうが、今日の大事に至ってはかれこれ言っとる場合ではねえ。ともかく殿様の御名前が出んように取り治めにゃならん。かといって、前もって御伺いもせずに連願《つれねげ》えしては、村役人も同じ考えかと思われ心外じゃろう。じゃから、川嶋公に御話しようと思ったが、御病気のようで返事が来んのじゃ」

と話した。そして、孝之助に頼んで高屋村の役人定四郎や重兵衛と一緒に川嶋の所

へ行き、御伺いを立てさせることにした。小前たちが様子を伺いに来たので、

「わしが沙汰するまではどこへも出かけんように」

と言って、夕刻に引き取った。


六月一日、高屋村の定四郎から書状が来た。それによると、

「川嶋公へ委細を申し上げた処、御家老様へも申し上げられ、当三郎が申す通りほかへ申し立てては宜しからず、切通へ書面を差し出すのが良いじゃろうと言われたので、是非出張して来て欲しい」

ということであったので、早々に高屋村へ出かけたところ、

「今晩、尾州より桜井殿が急いでこられ、御復地の御沙汰があるそうで、只今それぞれの村々にも申し触れているところである」

との連絡が切通から入った。

「御復地が正式に決まったんなら、もう心配する事もねえので、小前と連願《つれねげ》えせんでもええじゃろ。わしら村役人が精一杯御願《おねげ》えすりゃあええ」

ということになり、小前たちにそのように連絡したら、小前たちは思わぬことに拍

子抜けの様子であった。

明日二日には、殿様が陣屋へ立ち寄られ、笠松（現・羽島郡笠松町）から清須（現・愛知県清洲市）へ渡られて、そこで御泊まりになることになった。そこで、御見送りをして御暇乞いをするため、高屋村から加納に向かうことにし、人足を家に遣わして礼服を持って来させることにした。また、呉郎作にも出かけてくるよう連絡させた。

同夜は泊まり込みで加納へ出かけ、家老の松本に会って高屋村などの話をした。家老の加茂下も名古屋から来ていたため、面会したが、

「誠に一方《ひとかた》ならぬ心配をしてくれた。いずれもこの丹誠にて何事も首尾能《よ》くいき、殿様も御復地の沙汰をして御発駕になる事ができ、大慶（この上ない喜び）である」

と喜ばれ、御酒を下された。

二日、殿様がいよいよ陣屋に立ち寄られるため、村々一同罷り出て麻の上下を着て出迎えた。歩士格以上は陣屋の入り口の三木屋の前に並び、苗字帯刀免許の者はその次に、平の村役人はその次に並んで平伏した。

独礼（単独で御前に伺える者）以上の者は御殿《ごてん》において拝謁し、「いずれも骨折りにより復地になったため立ち寄った。まったく祝着に存ずる（まことに嬉しく思う）」

と親しく話し掛けられた。

近習頭の加藤清十郎より、

「御酒を下さるべきところであるが、お立ち寄りの事であるから御暇がない。目録で御下げ下さるから銘々頂戴してくれ」

と言って金二百疋を下さった。御発駕の暇乞いは出迎えと同じ並びで平伏して送った。

この日、高屋村の庄屋忠次が、

「村方の嘆願一件は、いかにも小前共のやり方が不埒じゃ。村役人の申し付けも聞かず、拙者はこれ以上骨を折るつもりはねえ。早々に村役人を辞める」

と言ってきたので、

「村高の存続に関わる問題《もんでえ》じゃから、たとえ小前共が心得違《ちげ》えをしても、取り調べをせにゃならん大切《てえせつ》な嘆願じゃ。村役人の貴公がそんな所存では、第一貴公の持ち高にも関わってくるぞ。申し付けに従わず岐阜役所へ願《ねげ》え出るのは、そんだけ難渋しとるからじゃ。小事にこだわらず嘆願という大事を考えていくべきじゃろ」

と諭した。

小前の者たちは、忠次の日頃の取り計らいを快く思っていないようで、忠次の家を打ち壊すなどの悪口を言っており、それを遺恨に思って退役するなどと言っているようである。

これに対して定四郎は、甚だ温順で、

「村役人の申し付けを用いんのは苦々しいが、嘆願が行き届きゃあ何とかなるじゃろから、願《ねげ》えが叶うように何とか御話をして下され。そんで、嘆願の書面は認めてもらってわしの方へ渡して下され」

と言ってきた。しかし、

「忠次と小前の気が合わな書面を世話する事も断る。村役人と小前が心を合わせにゃ事は成り立たん。村に帰ってようよう相談するこっちゃ」

と当三郎は答えた。

この日、川嶋栄次郎は御歩士目付《おかちめつけ》、御代官、助郷村取締役を仰せ付けられ、五十俵高になった。大層な出世である。当三郎は、御祝儀の御酒料として金五十疋を持って行った。そのついでに、高屋村の件について色々と報告した。これ以後は、川嶋がこの件に関わってくることは間違いなく、大変に有り難いことである。川嶋とはかねてから色々と内談をしてきており、気心が知れているからである。

鎮撫使岩倉付属の兵たちが十日の夜に鵜沼宿（現・各務原市）に泊まり、十一日に帰陣するということで、ようやくに農兵たちが帰って来ることになった。これを迎えるため呉郎作を切通へ遣わしたところ、十一日の夜、帰宅した呉郎作は、

「奥州筋はまだ治まらず、諸藩の兵で征討しとるという事じゃった。岩倉卿は東山道筋鎮撫の任は終えられたが、大総督の有栖川宮様と一緒に征討に当たっとられる。つまり、岩倉卿は参議になられたという事じゃ。そんで、岩倉卿付属の兵は必要がなくなり御暇が出て、切通や郡上藩、岩村藩などの兵も帰る事ができたという事じゃった」

と報告した。

## 十一　当三郎、謹慎

十九日夜、切通より次のような書状が来た。

老公（九里）より仰せ渡される事があり、頼み入りたい事件ができたので、この書状を披見次第陣屋に出て来られたい。以上。

代官

小嶋当三郎

追て、病気であるならば、駕籠で来られても良いから、早々に出て来られるよう頼みたい。已上。

当三郎は、「はれもの」ができて伏していたが、翌二十日には気分転換のために出かけることにした。切通へ着くと、出兵した者たちにそれぞれ褒賞が与えられていた。それが一通り済んだ後、当三郎に次のような申し渡しがなされた。

「そこもとには、御不審の儀があるため、当方において謹慎するように申し渡す」

と言って、直ぐさま川嶋の明長屋に入れられたのである。

（一体どういうこっちゃ）

と思い、訳が分からなくて大いに混乱した。しかし、しばらくして落ち着くと、思い当たることが浮かんできた。

（そういえば、先日、「三か村が騒ぎ立てているのは当三郎が尻押しをしているからではないか」という噂があるような事を聞いたなあ）

と思った。その時は、

（何を言っとるか。こんな大変な時にわしがそんな事をしる（する）訳がねえ。よっぽど馬鹿なやつがおるもんじゃ）

と思っていたが、その噂と関係があるのかも知れないと思った。

それにしても、余りにも苦々しい取り扱いなので、

（川嶋栄次郎は最初から同義であると言いながら、内々の話もせず、よこしまな心を

持つ者たちと同じように、内緒でこんな事をするのか)
と腹が立ち、川嶋に次のような手紙を書いた。

この度は存じ寄らず謹慎を仰せ付けられ、実に意外で途方にくれ恐れ入っています。私は不束《ふつつか》ながら誠実を旨として四十年来勤めて来ました。殊にこの春正月十一日、あなた様より御書翰《しょかん》を戴き、早速に駆け付けたところ、容易ならざる場合と承り、即座に感服して、同義の者と連署で言上を致しました。村方の説諭を仰せ付かり、心を一つにして勤王に努めさせるよう心配りもして来ました。綾小路様の東下や鎮撫使様御発向など急務の事件についても、それぞれに尽力をし、京都や名古屋、大垣などへも奔走致しました。その上出兵の節には、倅呉郎作(実弟で養子)に御供が仰せ付けられましたし、私には九里様より諸事に気を配り見張り番をするよう御話がありましたので、何かと配慮をして参りました。

同義の者は兄弟と心得、腹蔵なく話して来ましたし、懇ろに扱っても戴き、肉親の者にも話せないような事でも話し合ってきました。この度の事はよくよく確かなる証拠があって御見放しの事かと悲嘆にくれています。

私は誓って切通の為にならないような取り計らいはしておりません。恐らくはほかから御聞き込みになった事と思いますが、もし嫌疑の事がありましたら御糺《ただ》し下され、心得違いがありましたら、悔い改めるよう御説諭下さるのが同義の者に対する在り方だと思います。

御不審の元を考えますに、先達て西改田の惣左衛門から聞きました事ですが、同村の兵十郎の話に、高屋村、両曽我屋村の小前が岐阜御役所へ願い出たのは、私が尻押しをしたからであり、出兵の方々が御帰陣なられたならば、厳しく糾弾されるであろうという事でした。何か紛らわしい事であれば、その節問い詰め真偽を糺すところでしたが、余りにも的外れな話でありましたので、おしゃべりの兵十郎が何かの間違いを聞き付けて触れ回したものと、心にも掛けず打ち捨てて置きました。今考えてみますとそれが当てはまるとも思われ、遺憾の至りに思います。これは兵十郎の悪巧みか、あるいはまた、同人が親から聞いたのを事実と思い込み、親切心で惣左衛門に話したか、いずれにしても親子で申し合わせ、讒言をして私を陥れようとしたものだと思います。

あるいはまた、私が、御出兵先へ恐れを顧みず農兵の御繰り替え差し戻しを御願いしたり、そのほか思いついた事などを申し上げたりした事に深く御腹立ちになられたのかとも思います。しかし、これは、その節、良いと思った事は何でも申し立ててくれとの御考えを御聞きしましたので、気付いた事を申し上げねば、下情が伝わらず良くない事であると一途に思いやった事でありますが、却って御気障りになったのかも知れません。それらがどのように思われたであろうかと心配していたところへ三か村の騒ぎが起こり、その原因を悪知恵の働く嘉七が色々と申し立てて、御聞きになった九里様がいよいよ御腹立ちになったのだろうかなど、色々と愚かな考えを廻らせています。一昨日以来、夜に昼に心を悩ませています。

私は四十年来誠実を旨として今日まで御用を勤めて来ました。特に、この春以来は御一新の御時勢に至り、心配をしながら奔走し心痛苦慮して来ました。その事も認められず嘆かわしく思います。しかしながら、御陣中をはじめ領民の誠実や赤心が通じ、ついに御復地になりました。本当に嬉しく思っていますのに、人も多い中私一人が謹慎を仰せ付けられるのは、どういう前世の業によるのかと悔し涙に暮れています。たとえ今後讒言の雲が晴れ天日が射すようになっても、四十年来曲がった事を慎み精勤してきた事が、一時の絵に描いた餅のようになった事は悲しく歯ぎしりするような思いです。なにとぞこの上は御慈悲をもって家に御下げ下さり、病養できるように取りなして下さるようひたすら御願い致します。そのようにして下さいましたら、家に引き籠もり必ず謹慎したいと思います。御執り成し下されば生前の大慶、死後の本懐であります。ひとえに懇願致します。

辰六月二十二日　　　　　　謹慎人

川嶋様

当三郎にとっては、川嶋は同義の間柄であったはずであり、疑わしいことがあれば内々糺してくれれば良かったのに、それをしてくれなかったことが納得できなかった。

当三郎の謹慎について、呉郎作や甚吾など懇意の者が郷宿《ごうやど》（農民らが公用で陣屋へ出た際の宿舎）へ集まってその対応を検討しているとのことを聞き、定めて家内では何事も分からず心配していてくれるだろうと気の毒に思った。しかし、自分はいささかも悪いことはしていないので心配はせず、立ち騒いだり懇願したりして却って疑いを深めることのないよう、自分が沙汰するまでは差し控えるようにと書状で伝えた。

二十三日に至り、当三郎の謹慎の意味が段々と分かってきた。それは、出兵の件や三か村の騒ぎの件、当三郎が色々と進言した件などではなかった。安藤家は国許《くにもと》が朝敵であるため、殿様は京におられず、また、三河領も上地《あげち》になり、美濃も差し止めになっていて、名古屋で謹慎している状態であった。そんな中、村方で少しでも立ち騒ぐようなことがあっては取り潰しにならんとも限らんため、影響力のある当三郎を陣屋に留め置き、ほかの者への見せしめにしようとするためのものであった。

明長屋で歯痛と頭痛に悩まされていた当三郎は、せめて郷宿へ下げてもらって養生したいと思い、切通役人の家近に書面を書いた。家近は、今回の処分を決して快くは思っておらず、家老の加茂下にいろいろと当三郎の執り成しをしてくれていた。加茂下もまた当三郎を全く疑ってはいないということであった。家近は、

「九里や川嶋ら曲がった考えの者が、疑わしき者を罰して他に恐怖を与え、騒ぎを押さえようとしている」

とも言っていた。

ただ、この家近は川嶋とは犬猿の仲であり、川嶋らをわざと悪し様に言っていることは十分に察せられた。それだけに、家近のことばに乗り、その執り成しによって罪を免ぜられることは決して望ましいことではないと、当三郎は思っていた。

この日、家近が当三郎の謹慎する長屋にやって来た。

「加茂下様の申し付けによって参った。そなたの気分はどうか、また、了簡《りょうけん》なども聞いてくるようにと申された」

と言って、いろいろと様子を尋ね、また、今回に関わる内々の話もしてくれた。内々の話を聞きながら当三郎は、

（川嶋らはそれほどにやましい考え方をしとるのか）

と思った。

「とにかく敵はいつでも打ち取る事ができるから、まずは穏やかに申し立てをしていき、上を安心させていくのが良いだろう。何も悪い事はしていないのだからよくよく取り調べて勘考していこう」

と言って帰って行った。

二十五日に再び家近へ書面を書き、寛大の沙汰を執り成してくれること、病気療養の処置をしてくれることを嘆願した。また、川嶋にも書面を書き、

「これまで、今回の事は他人の讒言によると考えてきましたが、よくよく考えてみますと、全く私の心得違いであった事が分かり、今更ながらにも後悔しています。しかし、今が積年の恩に報いる時であると微衷（真心）を尽くしてきた事に違いはなく、そのところを御賢察戴いて寛大な御沙汰をお願い致します。また、歯痛と頭痛に悩まされていますので療養の手当をして戴きたくお願い申し上げます」

と訴えた。

二十六日に家近ともう一人の陣屋役人がやって来て、郷宿において療養しても良いとの仰せが出た旨の達しを受けた。ようやくにむさ苦しい所から出ることができたのである。


七月一日に陣屋から呼び出しがあり、奉行の佐藤から、

「そこもとの不審が晴れたから、謹慎を解く」

と申し渡された。謹慎から十日目のことであった。

当三郎は、一通り挨拶に回ってから引き取ろうと思っていたが、九里に呼び止められ、

「謹慎が解かれ目出度い事である。ついては、明日も御用があるから帰宅をしないで出てくるように」

と言われた。

（昨日《きんのう》まで咎め置きながら、明日《あした》の御用とは、誠に馬鹿馬鹿しいこっちゃ）

と思いながら、思わず笑いがこみ上げてきた。

同日、宿に御用状が届けられた。

　御用のため、明日五ツ半時（午前九時）、御陣屋へ罷り出る事。

　　七月二日　　　　　　　　　　佐藤久右衛門

　　小嶋当三郎殿

三日、佐藤宅へ出向くと麻上下を着用するよう言われたが、当三郎は馬鹿馬鹿しく思えて、上下も大小も借り物で済まし、陣屋へ出向いた。そこで、次のような仰せを

受けた。

「その方は、当春以来、容易ならざる時に当たって、東山道御鎮撫使様大垣表御逗留の節は、同所へ出向いて、色々と立ち働き、引き続き上京して骨を折ってくれた。よって山奉行格を仰せ付けると共に、議事外補役を仰せ付ける」

また、同時に呼び出しを受けていた呉郎作も郷目付格を仰せ付けられた。全くの笑いごとであると大笑いをしながら、駕籠に乗って自宅に帰った。


その後、再び出勤の呼び出しがあったので、

「歯痛、腹痛が治らず、相勤め難きに付き、退役を致したく」

と退役の書状を認めて差し出したところ、

「尤もの事であるが、この御時節に是非とも御用になって欲しいとの思し召しであり、あたら（もったいないことに）人材をなくしてしまうのは惜しいとの事であるから、是非とも出勤して戴きたい」

と川嶋から言って来た。

いずれにせよ、退役は許されなかったので、十月三日に出勤した。そして、まず第

一に、川嶋にこれまでの取り扱いは極めて不快であったことを告げた。川嶋は、「その節、拙者は名古屋へ出張していて全く知らず、帰って来てから知ったという始末である。名古屋では、京より御下りの殿様に、江戸からやって来た大目付の村上半右衛門が出会い、三州陣屋へ行かれるように進めたので、殿様はそのようになされた。ところが、その三州の御領が召し上げになったので、美濃領も危ないのではないかという嫌疑が深まった。そんな折、御家老の松本様のもとへ当三郎が高屋や曽我屋の尻押しをしているという讒言をしてきた者がいた。そこに九里様も居られたので『百里の遠くまで出兵している者がいるのに何という事だ』と驚かれた。また、『これ以上村方が騒ぎ立てては美濃御領分も召し上げになるのは必定であろう。どうしても村方の鎮静を図らねば朝廷に対し申し訳が立ち難い』と心配した村上半右衛門が、殿様に朝廷の御膝元へ行って戴くのが良いとし、その上京の許可を得ようと京都に向かった。しかし、大津で差し止めをくらいそれ以上進む事ができなかった。それで、いよいよ美濃が危ないと思い早飛脚で以て美濃の村々を鎮静させるように言ってきた。そこで、当三郎を陣屋へ召し寄せて置かないと安心できないという事になり、拙者が名古屋に逗留中に俄に貴様を召し寄せた次第である。誠にもって拙速な取り計らいであり、誠に申し訳なかった」

と心から詫びている様子であった。過ぎたことは勘弁して戴き、これからも一層丹誠してくれるよう懇願してきたので、やむなく承知することにした。

家老の加茂下や九里の所へも行って話をしたが、いずれも拙速な取り計らいであったと詫び、今後一層の丹誠でもって勤めてくれるよう依頼された。ほどほどに受け答えながら、十四条村の一件やそのほか当三郎が関わった件について伝え、引き取った。

# 十二　美濃領、上地に

新政府軍に最後まで抵抗した会津藩をはじめとする奥羽越列藩同盟の諸藩も、慶応四年九月までには全てが降伏した。同盟に加わっていた磐城平藩も城は落城し、藩政を指揮してきた隠居の信正も行方知れずで、家中の者は過半数が脱走したということであった。実際には、この時、信正は城を脱して仙台に逃げ、後に降伏して謹慎・蟄居となった。

明治二年三月六日、川嶋栄次郎から、

「大事件が起きたので、相談をしたい」

との書状が届いたので、当三郎は切通へ出かけた。

「我が藩は、陸奥国磐井郡（現・岩手県一関市・磐井郡等）の内に三万四千石を宛がわれる事になり、切通陣屋付属の四郡の村々は上地となる事が、東都から急使によって伝えられた。これまで色々と御尽力下されたのに誠に嘆かわしい事である。それに付いて御相談を申し上げたい事がある。政府で決められた事を色々嘆いていても何ともならないが、御領分の村々から嘆願をすれば『これまで仁政を敷いてきて領民たちに慕われる家であるなら、続けさせよう』となるとも限らない。そのようにたやすくはいかないかも知れないが、とにかく東西の政府に御願いしたいと思うが、力を貸してもらえないか」

というとことであった。

その日のうちに、村々へ廻文をして村役人たちを切通に呼び寄せ話をした。そして、七日には村々にこの情報を伝え、村役人連印の嘆願書を作成した。

従来、安藤対馬守様御領分では御撫育が行き届き、小前末々まで御恩を蒙《こうむ》り、安穏に御百姓を続けて参りました。然るところ、昨春に御変革となり、切通出張所から勤王となるよう御説諭があって、一同感動しどこまでも御領主様に従って尽力しようと決心致しました。既に東山道御鎮撫使様の御供として出兵しましたのも、永久に御支配を受けたいとして身命を投げ打ち出兵したものであります。領民の赤心の心を貫徹して、私共の村々は御安堵されると有り難く思っておりましたところ、思いがけず今般御上地との命を受け驚いております。誠に積年にわたって御撫育下さいました御領主様に今更御別れ申し上げるのは何とも嘆かわしい事であります。小百姓に至るまで悲涙にくれています。恐れを顧みず御嘆願申し上げますが、なにとぞ出格の御慈悲を以てこのような事情を御汲み戴き、これまでの通り対馬守様に御支配を戴けますよう、一同あげてお願い申し上げます。已上。

明治二巳年三月　　四郡村々

庄屋
年寄　連印
百姓代

この書面を東西京へ手分けをして出そうと決めたところ、家老の加茂下より、「大変有り難い事であるが、とても叶いそうにない事だから、これ以上苦労をかけるのは気の毒である。是非とも止めて欲しい」

と言って来た。そこで、取りあえずは川嶋から京都へ嘆願書を差し出し、その返事を待ってどうするかを考えることにした。

なお、磐城平藩については領民の嘆願等もあり、転封は免れることになった。


その後、嘆願書は取り止めるようにとの布告があり、そのようにしようとしたところ、美濃領が岩村藩に引き渡されるのではないかとの風聞が伝わって来たため、折角みんなで調印して作成した嘆願書を無駄にしたくないとして、笠松県へ願い出ることにした。笠松県は旧笠松郡代支配地を管轄するために、慶応四年閏四月に設置された行政組織で、旧郡代役所（現・羽島郡笠松町）を庁舎としていた。笠松県では領主が尻押ししてのことではないかとして、村々を残らず呼び出して調べた。三十六か村から一人ずつ出かけて行ったが、満足に答えられる者が一人もなく、不都合な答え方であったようであり、笠松県は、

「このような願いには願い頭《がしら》の者がいるだろうから、その者に聞き、その答え方によっては小前の者を呼び出して聞く」

として、さらに調査を進めることにした。

これによって、呼び出しを受けたのが当三郎である。当三郎は五日に笠松へ出かけ、知県事から次のような御尋ねを受けた。

「この度、村々から嘆願書が差し出され、そなたの調印もあるから、子細は承知しておる事と思う。先に村の者たちからどうしてこのような嘆願を起こしたのか聞いたが、取り留めのない答えであったので、その方を呼び出して尋ねる事にした。数十か村からの人望により河渡宿取締を仰せ付けられているその方だから、事情はよく弁えているであろう。元来百姓共がこのように慕うような仁政を施していた安藤家とは知らなかった。昨年復領の節に三か村が騒ぎ立てたという風聞も聞いている。願いの通り安藤家の支配にしたら、また、そのような事が起き、村々の役人共は困るのではないか。そのあたりの事を役人たちはどのように考えているのか。今回の事は恐らく尻押しをしている者がいるのではないか」

当三郎は、

「御尤もな御不審でございます。差し上げました書面は、御上地の御布告があって村々の者が伺いに出向きました折、村役人たちが郷宿で一緒になり、『長々御支配を受け、今更お別れになるのは名残惜しい。また、殿様の御心を察するにいかにも恐れ多い事である。何とか今まで通り安藤家の御領分になるよう御願いできないじゃろうか』と一人の者が申しましたところ、みんなが同意して、『取り上げて戴けるかどうかは別として、とにかく東西両京へ御願いしてみよう』という事になり、直ぐさま調印したものであります。しかし、これを御聞きになった御家老様から『取り止めるように』との御指図がありましたので、そのまま郷宿の箪笥にしまって置きました。そうしたところ、後日になって、この村々を岩村藩の御領分にお引き渡しになるとの風聞が伝わり、俄に騒ぎ立てるところとなったようです。私は家に病人を抱えておりましたから、この相談の折にはそこへ出る事ができませんでしたが、このように伝え聞いております」

と答えた。

「そのようであるならば、誰が言い出したものかを知りたい。話してくれ」

と言われたので、

「私共五、六人で申し出ました。これまで格別に御用を承り、身柄も不相応に御取り立てを戴き、諸事に付き頭に立って来ましたので、私共の呼びかけによって始めたものであります。村々の小前の者たちにも申し聞かせて調印致しましたが、人心は変わりやすいものでありますから、御紕し戴いた時にどのように変心しているかは分かりません。いずれにしましても、長年にわたって撫育を戴いた御領主様ですから、別離に忍び難く御願い申し上げたもので、別意はございません」

と答えた。また、

「私は、去年高屋村ほか二か村が騒ぎ立てた件に付いて、私が尻押しをしたと讒言した者がいて、謹慎を仰せ付かったばかりであります。それなのに、この度の願い立てというのはいささか割り切れないものはありますが、調印をしなければ末代まで誹りを受ける事にもなり、また、身分不相応に御取り立てを戴いた恩義もあり、願い立てに加わりました。私のほかにも同じような事情を抱えた者はいると思います」

などとも話した。

このような話し合いであったので、小前たちまで御紕しになる可能性もあり、その時にはどのように変わるか予測は付かず、だからといって願い下げをしたのでは虚飾になってしまうため、一体どうしたら良いかと村役人たちに相談した。東方の村々（厚見郡・羽栗郡）は村役人と小前たちの間に確執があり、早々に願い下げと決定したが、西方の村（方県郡・本巣郡）はいかにすべきか検討し、東西共領内一致しての願いでなければ無理であろうとしてこれまた願い下げにした。当三郎は、

（さてさて、人は水くせえもんじゃなあ）

とつくづく思った。

この日の夕刻、切通へ出向いて願い下げに至った始末を話した。陣屋からは、

「格別の骨折り忝く思う。いずれにしてもこの度の事は逃れ難い事である。今後、挽回のための策略もあるから、その時はまた御頼みしたい」

と言われた。


四月十五日、切通陣屋が近々引き渡しになる布告があった。そのため、御別れの盃を下さるとして呼び出しがあり、当三郎らは切通へ出向いた。当三郎や佐兵衛、重平など六人は別座へ召し出され、懇篤な言葉をかけられた。

「これまで勝手方（財政）の世話をしてくれて領内の支配を取り続けてくる事ができた。去年の春以来御一新になって、また、格別の尽力をしてくれた。ようやく当国の領知が安堵になったところ、今般は上地となり、誠に残念である。大政が決定した事

であるから致し方がなく、長く別離となるが嘆かわしい限りである。近々引き渡しになるが、その前に挨拶を致し、別れの盃を交わしたく来て戴いた」

そして、「有徳者必有言」なる書を下された。そのほか、独礼以上の者にも下され物があった。呉郎作は病気で出勤できなかったため、代理の者に御盃と共に御酒料として金二百疋を下され、呉一郎らにも金二朱ずつを下された。

御広間へ戻ると、家老の加茂下から長々と御礼の挨拶があり、御酒料として金二百疋ずつを戴いた。また、当三郎には前漢書五十巻箱入を形見として下された。古本ではあるがこれまで使ってこられた物を下されたのである。そのほかの面々へは掛け物や火鉢、膳、椀などを下され、佐兵衛は馬一匹を戴いた。外見は非常に良い物であったが、実際には使いようがなく大迷惑な物であった。これらを見立てたのは川嶋であり、事前に、

「身近な物で何か望みの物はあるか」

と聞かれたので、たとえ古煙管《ふるきせる》のような物であっても、親しくお使いになった物を戴きたいと申し上げたところ、漢書を下さった。

いずれ餞別をしたく、郡中一同で話し合った。同日、四郡が寄り合って餞別を話し合い、四郡で金五百両を差し上げることにしたが、両曽我屋村の小前は難しく思われたため、一決せず、品によっては両村を除外しなければならないかと話し合った。

二十日頃に引き渡しになるように聞いたが、殿様は謹慎が免除にならなければ御発駕になることができず、たとえ御発駕になっても、御家中が残らず御引き払いになるのには余程の手間がかかり、後片付けにも来なければならないため、気の毒なことである。

十六日、川嶋から書を戴くと共に、懇ろな言葉をかけてもらっていたので、当三郎は歌二首を送った。

かしこくも　君のミことそ　くみあけて　みれは涙の　水くきのあと
千万も　くみはつきせし　いとふかき　君か恵の　水くきのあと

また、家老の加茂下から次のような言葉を戴いた。

「かねてから勝手（財政）の向き一方ならず出精の上、去る酉年以来格別の心入れを以て多分の献金を致しくれ候故に、功に応じて御格式や御扶持を下し置かれた。誠に昨春已来の尽力の次第は殿様も満足に思われている。近々村々の御引き渡しに当たっては、以後は朝廷向きのものとなろうから、これまでの御格式などはなくなってしまうであろうが甚だ気の毒である。当今は本当に難渋の時であるから、御扶持を下し置かれた者にも当月分より御渡しする事ができない。新領分へ移転して、何とか振り合い（都合）がついたらと思うのだが、何分痩せ地のようだから寸志や何らかの品も渡す事ができないので勘弁を願いたい」

また、

「一統へ御酒を下されたいが、殿様は御謹慎中に付き、少分ながら御酒料と御座右の品を下されたく思われ、御陣屋で使っていた品々を取り混ぜ、一品ずつ下される。なお、安藤家に罷り出る時は、これまで通りの格式で取り扱うから、その旨心得るように」

とのことであった。

十八日に清兵衛と忠次が切通に参り、餞別の件を話すと、九里は涙を流して喜んだ。そして、なるだけは上地前に戴けると有り難いということであったので、明日中には急度《きっと》渡すということにし、両曽我屋にも話すことにした。もし、駄目な場合は、別の物があるから、明日未明に西郷村の小橋屋へ寄り合い取り決めることとした。

この日、二十日にはいよいよ上地になるから、村々より一人ずつ罷り出るようにとの御沙汰があった。

# おわりに

当三郎の「公用日記」はここで終わっている。なぜかその後のことは記されていないのである。ただ、当三郎は、別に「公用切通出勤日記」なる日記も残していて、「公用日記」とは異なる内容も記しており、その中に四月十九・二十日の記録も残されていた。

それによると、餞別金については、ついに両曽我屋村の同意を得ることができず、両村を除く他の村々で割り振りすることになった。小西郷村分は九両一分三朱で四捨五入して十両となり、十九日の夜四つ時（十時）前に、他の村々分と合わせて陣屋に届けられた。陣屋は大いに喜んだ。

二十日、当三郎ら各村の庄屋たちは笠松役所へ出かけた。切通陣屋からは九里と和田が出席していた。九里が村々の名前を呼び上げ、今日より笠松県へ引き渡すためその命令に従って精を出すように話し、笠松知県事の前に出て請渡書を渡し、請取書を受け取った。その後、笠松県の担当方から、当県が引き受けたため今後は諸事にわたって指図をする旨の話があった。

これによって、美濃国内の磐城平藩領は笠松県に編入されたが、郡代支配地以外の所領が笠松県に編入されるのは磐城平藩領が初めてであった。

しかし、この笠松県もわずかな期間を経て、明治四（一八七一）年十一月には新たに設置された岐阜県に組み込まれていくのであって、切通陣屋を中心とした当三郎らの動きは、明治維新という大変革の中で、抗しきれないささやかな抵抗であったと言えよう。

**著者プロフィール**

**小川 敏雄**（おがわ としお）

1943（昭和18）年、現・岐阜県本巣市に生まれる。岐阜大学学芸学部史学科卒業。岐阜県内小学校・岐阜県史編集室・岐阜市史編集室・岐阜県教育委員会文化課・岐阜県博物館・岐阜県歴史資料館等に勤務。小学校長・岐阜県歴史資料館長を務める。現在、大垣女子短期大学非常勤講師・岐阜県歴史資料保存協会会長。

著書　『美濃飛騨の歴史がおもしろい』（2010年、岐阜新聞社）
　　　『私の学校経営　校長からの発信』（2004年、岐阜新聞社 私家版）
共著　『濃飛歴史人物伝』（監修・執筆、2009年、岐阜新聞社）
　　　『大垣市史』『本巣町史』『北方町史』『ひだみの文化の系譜』『岐阜県災害史』ほか。

**比類なき大変ニ相成 候《あいなりそうろう》**

2018年12月15日　初版第１刷発行

著　者　小川 敏雄
発行者　瓜谷 綱延
発行所　株式会社文芸社
　　〒160-0022 東京都新宿区新宿1－10－1
　　電話 03-5369-3060（代表）
　　　　03-5369-2299（販売）

印刷所　株式会社エーヴィスシステムズ


ISBN978-4-286-20085-9